Diálogos de Samira
POR DENTRO DA GUERRA SÍRIA

Marcia Camargos
Carla Caruso

1ª edição

© MARCIA CAMARGOS
© CARLA CARUSO
2015

COORDENAÇÃO EDITORIAL Maristela Petrili de Almeida Leite
EDIÇÃO DE TEXTO Marília Mendes
COORDENAÇÃO DE EDIÇÃO DE ARTE Camila Fiorenza
DIAGRAMAÇÃO Michele Figueredo
ILUSTRAÇÃO DE CAPA Maria Eugenia
ILUSTRAÇÃO DO MAPA Will Silva
COORDENAÇÃO DE REVISÃO Elaine Cristina del Nero
REVISÃO Nair Hitomi Kayo
COORDENAÇÃO DE *BUREAU* Américo Jesus
PRÉ-IMPRESSÃO Vitória Sousa
COORDENAÇÃO DE PRODUÇÃO INDUSTRIAL Wilson Aparecido Troque
IMPRESSÃO E ACABAMENTO EGB Editora Gráfica Bernardi Ltda.
LOTE 754714
COD 12099749

Dados Internacionais de Catalogação na Publicação (CIP)
(Câmara Brasileira do Livro, SP, Brasil)

Camargos, Marcia
    Diálogos de Samira : por dentro da guerra síria
Marcia Camargos, Carla Caruso. – 1. ed. –
São Paulo : Moderna, 2015. – (Coleção veredas)

ISBN 978-85-16-09974-9

1. Ficção – Literatura infantojuvenil I. Caruso, Carla.
II. Título. III. Série.

15-01934   CDD-028.5

Índices para catálogo sistemático:

1. Ficção : Literatura infantojuvenil 028.5
2. Ficção : Literatura juvenil 028.5

Editora Moderna Ltda.
Rua Padre Adelino, 758 - Quarta Parada
São Paulo - SP - Brasil - CEP 03303-904
Vendas e atendimento:
Tel. (11) 2790-1300
www.moderna.com.br
Impresso no Brasil
2022

DEDICATÓRIA

Aos que são obrigados a abandonar suas terras e suas raízes, para adaptar-se, muitas vezes à força, em outros países.

Existe é o homem humano. Travessia.
(*Grande Sertão: Veredas*, p. 568, Guimarães Rosa)

SUMÁRIO

A arte de escutar 6

1. Quem são elas? 10

2. Do outro lado do Atlântico 16

3. Turcos? 24

4. Droga de guerra 37

5. Igrejas, mesquitas e minaretes 49

6. O beijo 59

7. Ao som de Villa-Lobos 68

8. Como matar a liberdade 78

9. Poesia, mar e deserto 89

10. Papel e tinta 106

11. *Good news!* 114

12. O feitiço 122

13. À flor da pele 134

14. *Shaheed* (mártir) 144

15. *Insha'Allah* 159

Pequeno dicionário 166

A ARTE DE ESCUTAR

Este livro surgiu do encontro de duas autoras unidas pelo desejo comum de criar uma narrativa que apresentasse alguns aspectos da guerra síria. Como tantos outros do nosso mundo contemporâneo, o enfrentamento armado, que se desenrola desde 2011, vem causando uma das piores tragédias humanitárias de todos os tempos. Além do enorme número de mortos e feridos, são milhares de pessoas, entre homens e mulheres, jovens, velhos e crianças, expulsas de seus círculos familiares, de suas casas, de suas terras, para um recomeço incerto em países que nem sempre os acolhem como deveriam.

É justamente tal condição de refugiado* que perpassa os diálogos, via e-mails, entre Karim e Samira, dois adolescentes que moram em lugares distantes, com costumes e tradições bem diferentes entre si. Ele, um menino sírio refugiado em Beirute; ela, uma habitante da grande metrópole chamada São Paulo. Ao longo dessa troca incomum, questões que envolvem o universo árabe e islâmico, incluindo práticas religiosas, cultura e conflito, emergem pelas múltiplas vozes presentes no enredo.

Sabemos que essa guerra não convencional vem sendo travada por uma infinidade de grupos, cujos nomes,

---

* Na página 166 há um pequeno dicionário com informações sobre as palavras sinalizadas.

origens, objetivos e maneiras de atuar, estamos longe de compreender em toda a sua complexidade. Em meio à destruição crescente, e sem perspectivas de paz no curto prazo, assistimos ao ascenso de células fundamentalistas de vários matizes. Suas ações não raro acabam confundidas com o próprio islamismo, gerando ainda maiores distorções e preconceito contra os muçulmanos, seguidores de um credo tolerante e respeitoso, prejudicado pelos atos violentos cometidos em seu nome.

O tema é, sem dúvida, controverso e instigante. Nas próximas páginas, o desenrolar da história busca tecer, no rico encontro entre Samira e Karim, uma vivência singular, talvez uma das mais delicadas propostas ao ser humano: o desafio de escutar e conhecer o outro, suas motivações e objetivos, seus temores e sonhos, por mais estranhos e longínquos que possam nos parecer. A aventura criadora estabelecida pelo diálogo, pela palavra, representa um importante caminho para a construção de uma sociedade futura mais integrada e pacífica, *Insh'Allah*.

As autoras

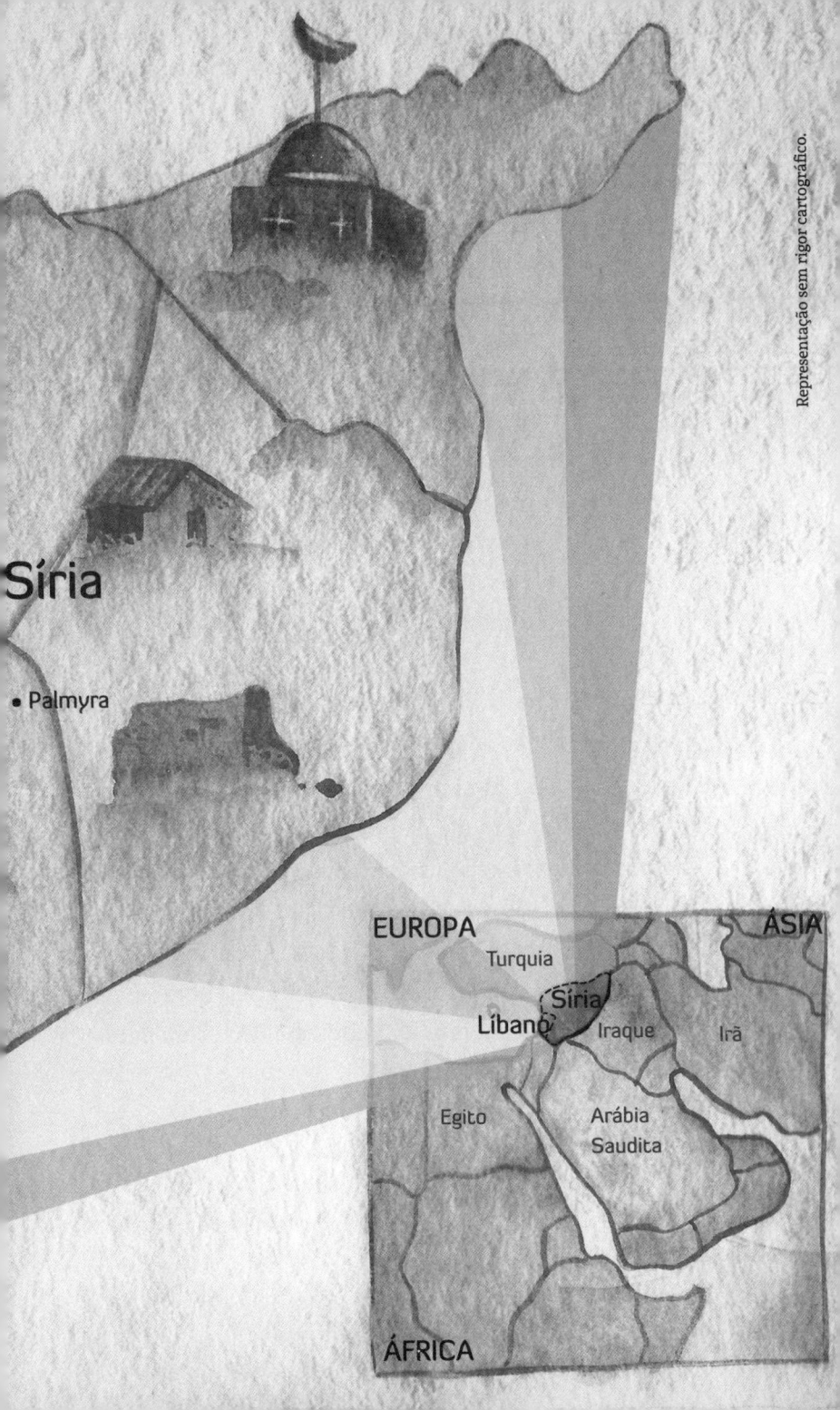

 # 1. Quem são elas?

> "O jovem sentou-se, tremendo, mas, diante de tantas iguarias, ficou inebriado e começou a comer os pistaches crocantes, as azeitonas pretas, os picles adocicados, as amêndoas, as avelãs, o grão-de-bico assado, a coalhada seca. Deliciou-se com as carnes tão macias. Por fim, frutas suculentas, pastéis almiscarados recheados de doce."

Samira estava nessa parte da história de *Simbad, o marujo*, quando o sono começou a pesar. Ela piscava, resistia, queria terminar o capítulo da primeira e perigosa viagem de Simbad pelos mares. Mas ficaria para a próxima noite. A única viagem seria a de seus sonhos que andavam agitados, ultimamente, desde que começara a ler *As mil e uma noites*, presente de sua avó, Najla. O livro era bonito, de capa dura, em cada página havia uma moldura com detalhes de flor, folha e passarinho.

De manhã cedinho, os sabiás cantavam sem parar. Samira despertou, olhou a penumbra do quarto, as paredes salpicadas de luz e logo adormeceu novamente. Mas por pouco tempo...

– Anda, menina! Vamos nos atrasar, tenho que dar a primeira aula hoje.

– Já vou! – respondeu, sonolenta.

– Samira, se você não quiser ir, tudo bem. Mas vai perder a feira de livros! – a mãe dizia enquanto colocava a mesa do café da manhã.

A garota adorava a feirinha da faculdade da mãe, que desde bem pequena frequentava. Saltou da cama e zupt, em minutos estava na mesa. Mais alguns, já no carro.

Chegando à universidade, a mãe perguntou se ela gostaria de ficar um pouco na aula. Como era a abertura da feira de livros, os organizadores ainda estavam montando os *stands*. Samira topou e foi lá para o fundo da classe. A mãe, com aquele jeito sério e ao mesmo tempo simpático, deixava seus alunos sempre atentos. A discussão girava em torno do conflito armado na Síria. Samira ora prestava atenção, ora se distraía. Quando ouviu os números ficou impressionada.

"Desde março de 2011, houve milhares de mortos e dois milhões de refugiados." Samira lembrou-se de uma notícia na TV que a deixou muito impressionada: uma garota da sua idade que não tinha um braço e cuidava dos irmãos, porque havia perdido os pais. Mas ela não era da Síria, era do Iraque. "Não entendo bem, são tantos os conflitos que existem por lá, tantos países..." Lembrou-se de uma noite, em que viu a avó emocionada depois de ler um artigo triste sobre o Líbano, país em que nascera. "Mas o Líbano fica onde mesmo? Às vezes, sou meio perdida com os mapas, tenho bem gravado o do Brasil, da Argentina e do Uruguai, porque fui para esses dois países com meus pais e a gente olhava o mapa toda hora, e de outros como a Itália, que parece uma bota chutando uma bola, que é a Sicília."

No intervalo, Samira, mais que depressa correu para dar uma espiada na feira e muitos *stands* já estavam prontos. "Oba", pensou e sorriu para a mãe, apontando o espaço. Seguiu animada para lá. Passava os olhos pelas páginas, gostava de livro de capa dura, encontrou um de contos africanos com ilustrações bem bonitas. Estava atenta, quando ao seu lado pararam algumas garotas usando lenços apertados em volta da cabeça. A que mais chamou sua atenção tinha um lenço cor-de-rosa e branco, "Lindo!", pensou. Samira reparou que não aparecia um fio de cabelo. Observou também as outras, uma com lenço vermelho, a outra azul-turquesa. "E cabelos, nada."

Perguntou ao vendedor se poderia sentar com o livro no gramado, pois o sol estava delicioso. Livro na mão, mas pouco absorta, observava o movimento da feira. Havia estudantes de muitos países. Mas as de lenços eram as que mais chamavam a atenção. Ou as que Samira seguia com maior curiosidade. Assim que a mãe apareceu, perguntou a ela de onde eram aquelas moças que usavam vestidos compridos de mangas longas e cobriam os cabelos.

– Elas vieram da terra dos seus avós – disse a mãe.

– Mas a vovó também veio de lá e nunca se vestiu assim! Nem ela nem as amigas dela – exclamou Samira.

A mãe olhou para a menina, passou a mão no cabelo da filha, que estava caindo sobre os olhos, e explicou.

– Sua avó e as amigas dela são cristãs, as alunas que você viu são muçulmanas, e decerto muito religiosas, por isso cobrem o corpo inteiro.

– Mas por quê? – insistiu a menina.

– Porque seguem o livro sagrado do islamismo, chamado Alcorão. Elas também rezam cinco vezes ao dia, com a cabeça voltada para Meca. – A mãe continuou: – Praticam o que chamam de *Salat*, a prece que deve ser proferida em árabe, em certos momentos, desde cedinho até depois do pôr do sol.

– E se elas estão no meio de uma aula? – quis saber Samira.

– Bom, elas podem rezar quando for possível, não têm necessidade de sair correndo da classe.

– Elas são árabes?

– Sim – disse a mãe. – Mas nem todo árabe é muçulmano nem todo muçulmano é árabe.

— Sério, mãe?

— O país que tem o maior número de seguidores do islamismo não é árabe. Tenta adivinhar qual?

— Não faço a mínima ideia – disse balançando a cabeça.

– É a Indonésia!

– E todas as mulheres também se cobrem assim pelas ruas? Elas usam burca?

– Ah, Samira, é a confusão que todo mundo faz com as roupas das mulheres muçulmanas. A burca é aquela que não deixa nem o rosto à mostra, usada no Afeganistão. Cada vestimenta tem um nome diferente e é usada em países também diferentes. Na Arábia Saudita, por exemplo, elas vestem o *niqab*, que deixa apenas os olhos de fora. Já no Irã, as mais religiosas usam o *chador*, que desce até os pés, ao passo que o restante leva apenas um lenço na cabeça.

– E os homens, eles também precisam de alguma roupa especial? E eu precisaria usar estas roupas se fosse muçulmana?

– Filha, quanta curiosidade te despertou estas garotas!!! – Adéle olhou demoradamente para a filha, um pouco pensativa. Em seguida, sorriu com a ideia que teve e disse: – Por que você não pergunta tudo isso diretamente para alguém que mora num país muçulmano?

– Como assim, mãe? Não conheço ninguém de lá. E outro detalhe básico, não falo árabe! – disse em tom de desafio.

– Mas eu falo, Samira, sempre encontro gente do mundo inteiro nos Congressos de que participo. E fiquei bem próxima de uma professora síria que recentemente teve que se mudar para o Líbano. Se não me engano, ela tem um filho da sua idade. Se for isso mesmo, vocês dois bem que poderiam trocar algumas informações, o que acha?

– Ah, seria uma boa! – falou Samira, empolgada.

– Então vou mandar um e-mail para ela, perguntando do filho, e se ele tiver mais ou menos a sua idade, apresentamos vocês. Depois eu traduzo suas mensagens. E agora vamos, que a vovó está esperando para o almoço.

– Será que a vovó fez quibe, mãe?

– Quibe e sua sobremesa preferida, ataif.

– Hum...

2. Do outro lado do Atlântico

O relógio da parede bateu duas horas da tarde. Era um daqueles aparelhos antigos de madeira, herdado dos avós, e que tocava como um sino de igreja quando os ponteiros atingiam a hora cheia. Foi um dos únicos bens de família que sobreviveu durante a fuga. Olhando para ele, dava para ver a expressão da sua mãe no instante de partir. O que levar de essencial, deixando para trás uma vida inteira de recordações? Álbuns de fotos, CDs, quadros, enfeites, toalhas de mesa bordadas, roupas, móveis e todo o resto que faz parte de uma casa. Tudo isso abandonado no momento de partir do lugar onde viveram por tantos anos. O relógio fora o único luxo concedido. O pai teve pena da mãe dele e deixou que trouxesse aquele testemunho de tempos melhores, de uma época de alegrias e despreocupação.

Através da janela, o sol tentava furar o bloqueio das nuvens escuras lá no céu. Karim ficou observando o vento sacudir as folhagens do cedro, igual ao da bandeira do país. Só que este soltava folhinhas miúdas, cobrindo o chão com um tapete verde desbotado. Embora a pior parte do inverno já tivesse passado, ainda fazia frio e era preciso usar casaco de lã até na hora de dormir. Por isso ele não tinha saído para brincar na rua como gostava de fazer antes de resolver as lições de casa.

Depois de um tempo o garoto sentou no sofá para assistir TV, um aparelho de segunda mão que tinham conseguido comprar nas vizinhanças. Enquanto procurava um canal com programa de aventura de que ele tanto gostava, parou sem querer no noticiário e tomou um susto.

– Mãe, mãe, vem ver uma coisa! – ele berrou a plenos pulmões. O tom de urgência na sua voz fez com que Sara deixasse o computador de lado, no qual preparava uma de suas aulas de inglês, e corresse assustada para junto do filho. Sentou-se no sofá e levou a mão à boca para abafar o grito. Ao cabo de alguns minutos, conseguiu fazer um comentário baixinho, com uma voz tão fininha que mais parecia um sussurro.

– Estão acabando com todos nossos monumentos, assim não vai sobrar nenhuma parte da nossa história...

– Não fica triste, mãe – falou Karim, pegando na mão dela e já quase arrependido de ter mostrado aquelas imagens. Era a principal mesquita de Aleppo, cujo minarete acabara de ser destruído por uma bomba lançada poucos minutos antes.

Ambos caíram num silêncio total, o silêncio pesado que se faz diante de uma tragédia. Mãe e filho, cada um a seu modo, refletiam sobre aquele acontecimento. Era mais um ato de violência entre tantos outros desta guerra sangrenta que assolava seu país e parecia não ter data para terminar. No futuro, os livros iriam contar aquela história, que teve início com uma série de grandes protestos populares em janeiro de 2011, e virou uma revolta armada a partir de março daquele ano. Karim tentava compreender a causa daquele conflito, e aos poucos ia entendendo como tudo começou. Seus pais haviam explicado que após as revoltas da chamada Primavera Árabe, que explodiram na Tunísia e no Egito, derrubando ditaduras eternizadas no poder, o efeito dominó se estendera aos demais países da região. Achavam que na Síria também tudo seria uma questão de meses. O menino reconheceu com tristeza que as maiores sacrificadas desde sempre foram as crianças. Isso os livros também teriam que registrar: o estopim da revolta síria teve como ponto de partida uma manifestação pacífica realizada por alunos de 7 a 12 anos de idade, na pequena cidade de Daraa, em março de 2011. Com apoio dos professores, picharam alguns muros com a frase: "O povo quer derrubar o regime". Foi o quanto bastou para uma repressão das mais violentas por parte da Mukhabarat, a polícia política de Assad. As crianças foram presas e torturadas como adultos. O grande mártir desta revolta, o garoto Hamza Al Khatib, seria devolvido à família como um corpo desfigurado pelos maus-tratos um mês depois, no dia 25 de maio. Em vez de se conformar, seus pais distribuíram fotos e vídeos para jornalistas e ativistas, desencadeando ondas de protestos que varreram o país inteiro.

Desde então, a Síria estava mergulhada numa luta sem fim contra as tropas do presidente Bashar al-Assad que os grupos rebeldes pretendiam derrubar.

Karim e sua família tinham mudado para Beirute justamente por causa da guerra. Saíram de Aleppo, a segunda cidade mais importante depois da capital, Damasco, para viver como refugiados no Líbano. Não foi fácil para ninguém. Seus pais deixaram para trás os empregos, os parentes, a roda social e o apartamento confortável que mantinham no bairro de Sakhour. Karim sofreu muito também ao ter que abandonar os melhores colegas, o quarto onde brincava desde pequenininho, a área de lazer do prédio, os vizinhos e os primos. Além, é claro, daquele amigo especial, alguém que aparecia nos sonhos como uma imagem que o assombrava e o deixava muito triste e que, por isso mesmo, era melhor nem ser lembrado.

Karim fechou os olhos e o noticiário desapareceu da sua cabeça. Como num passe de mágica, os combates daquela quarta-feira, 24 de abril de 2013, evaporaram da cena e de repente ele estava andando pela rua principal de Al-Shaar, de mãos dadas com o avô, que vestia seu *jalabiyah* branco, uma túnica descendo até os pés e de mangas compridas. Na cabeça, levava o típico chapéu muçulmano, chamado de *taqiyah*, comprado numa das lojinhas do bazar. No caminho pararam numa casa de narguilé. Seu avô fumava com a roda de velhinhos, enquanto ele saboreava o delicioso sorvete de damasco, um dos seus prediletos.

Então cruzavam a ponte sobre o pequeno rio Quweq e seguiam para a mesquita de Halab Jami'al-Kabir, conhecida como a Mesquita Omíada.

Karim deixava os sapatos do lado de fora e dirigia-se para uma das duas fontes de mármore do pátio interno da mesquita, coberto de pedra preta e branca, para lavar as mãos e se purificar para as orações. Mas antes de entrar no espaço reservado aos homens, sentava-se ao lado do avô para ouvir, pela centésima vez, as histórias sobre aquele lugar onde nasceram seus antepassados. Karim nunca se cansava de escutar que Aleppo é uma das cidades mais antigas do planeta, habitada desde o século XI a.C.

– Ela é importante por causa da sua posição estratégica entre o mar Mediterrâneo e o rio Eufrates, no fim da Rota da Seda, que cruzava a Ásia Central e a Mesopotâmia – dizia o avô, sem esconder o orgulho nos olhinhos brilhando por detrás das lentes dos óculos de aro redondo, para em seguida explicar, agora com uma pontinha de desgosto:

– Quando o canal de Suez foi inaugurado no Egito, em 1869, os comerciantes passaram a levar as mercadorias pelo mar e Aleppo entrou em declínio – ele repuxava as pontas do bigode embranquecido como seus cabelos ralos, para completar:

– Com a queda do Império Otomano, após a Primeira Guerra Mundial de 1914, Aleppo perdeu sua área rural ao norte para a atual Turquia, bem como a linha férrea que a ligava a Mossoul. – Neste ponto, o avô soltava um suspiro fundo e concluía: – Na década de 1940 perdeu, também para a Turquia, Antioquia e Alexandreta, seus principais acessos ao mar. – Daí ele sacudia os ombros, sinalizando que a conversa terminara, e iam fazer suas preces. Ajoelhavam-se quase sempre no mesmo local, em cima do tapete que encantava Karim, com sua vegetação e seus pássaros, que também podiam ser vistos na decoração em mosaico, de pedrinhas multicoloridas, que enfeitava a parte externa da mesquita. Karim colocava a testa no chão e deixava a música que vinha do minarete entrar no seu corpo, até que tivesse a impressão de flutuar junto com as palavras daquela melodia, que pareciam levar seus pensamentos diretamente aos ouvidos do Profeta.

– Filho, desliga isso, acho que já vimos o bastante por hoje. – A voz da mãe trouxe Karim de volta para a sala onde a televisão dera a notícia da queda do minarete de 45 metros de altura, que ele costumava admirar até torcer o pescoço.

– Vai fazer seus deveres, enquanto eu termino meu trabalho – tornou a falar a mãe dele, disfarçando a tristeza que ficava grudada na voz e na expressão do rosto, que havia ganhado algumas rugas desde a mudança para Beirute.

Mesmo sem vontade, Karim obedeceu, pois via o quanto sua mãe sofria com aqueles constantes ataques e com as dificuldades da vida em um país que não era o seu, em um campo de refugiados que no passado acolheu os palestinos. Tratava-se de Sabra, de triste memória. O menino sabia que ali, e no campo vizinho de Chatila, houve um massacre terrível em 16 e 19 de setembro de 1982. Morreram quase 3.500 pessoas em apenas duas noites. A maioria delas, velhos, mulheres e crianças. De qualquer modo, foi o último recurso, pois, como seu pai não conseguira trabalhar na universidade, ele era obrigado a ganhar a vida como motorista de táxi. Os dois ainda faziam um dinheirinho extra com aulas particulares de árabe para estrangeiros. Mas dava para perceber que não estavam felizes e sentiam na pele também o preconceito da população contra os refugiados sírios, que vinham em números crescentes para o Líbano.

– Está ficando cada dia mais difícil para nós – comentava seu pai. – Antes, todo mundo nos aceitava. Agora, estão exigindo visto para qualquer lugar, até no Egito, que no passado sempre foi um porto seguro para os sírios no exílio. Alguns estão indo para a América do Sul, especialmente para o Brasil – complementava, fazendo o menino sonhar com o país do futebol.

Quando escutava estes comentários, Karim sentia vontade de concordar com a mãe sobre escrever para uma menina chamada Samira que morava lá nos Trópicos. Ela queria saber sobre como era viver refugiado, tendo vindo de outro lugar mergulhado em plena guerra civil, como era o seu caso. Karim recusou de cara, porque não gostava de ficar batendo papo com garotas que não conhecia pessoalmente. Mas, pensando bem, até que poderia ser interessante. Afinal de contas, adorava futebol e aquela seria uma oportunidade legal para saber mais sobre os jogadores, os times, os estádios e as Copas do Mundo. Também queria aprender um pouquinho de português, porque no futuro tinha planos de viajar por lá. Seus pais conheciam o Brasil, aonde foram certa vez para um Congresso de Sociologia e ficaram amigos da mãe de Samira. Karim só escrevia em árabe, nem o inglês dominava tão bem a ponto de conseguir se comunicar. "Por que não? Vale a pena tentar, pode ser divertido, e se ela for chata, corto o papo logo de cara", ele pensou, enquanto corria para avisar a mãe que tinha mudado de ideia e topava, sim, se corresponder com a tal Samira.

 ## 3. Turcos?

— Ah, vó!! Não tem sobremesa? Eu estava louca para comer ataif...

– Chii, não deu tempo! – disse a avó.

– Aaaahhhh!! Queria tanto! – a menina falou em tom de reclamação, enquanto chamava Lua, a gata da avó, para seu colo. A gatinha adorava Samira desde bem pequena.

– É que cheguei do supermercado em cima da hora do almoço – continuou a avó, dando uma piscada para Adéle, que sorriu.

– Vai lá na cozinha e traz a bandeja, Samira – disse a avó rindo.

Samira logo entendeu e, mais que depressa, empurrou a cadeira para trás e até suspirou. Lua deu um salto e seguiu a menina. Samira trouxe a bandeja e o pote com a deliciosa calda com aroma de flor de laranjeira. Já foi sentando, para logo experimentar o primeiro.

– Huummm, ai vó, é muito bom!

– Acho que está na hora de você aprender a fazer ataif. Não é mais criança!

Samira sentiu uma sensação estranha. Sempre que alguém falava: "Não é mais criança", parecia que algo dentro dela saltava para outro lugar. Um lugar que nem ela definia.

– Ah, vó, acho mais gostoso comer – disse rindo.

– Sei, sei... – sorriu Najla.

– Mãe, está uma delícia, a massa leve – comentou Adéle. – Acho que sou eu que preciso de umas aulas, há quanto tempo não faço ataif, até perdi o jeito!

– Se vocês quiserem, domingo, fazemos juntas.

– Acho que será gostoso, mãe. Vamos, sim! – E virando-se para Samira, sugeriu: – Que tal ajudar a vovó a tirar a mesa?

– Tá, mãe. Já vou.

Vapt-vupt e, num instante, tudo limpo. A avó sempre colocava um passador no meio da mesa, e o de hoje era azul, de linho com florzinhas brancas. Delicado. Samira gostava do jeito da casa da avó Najla. Sua casa era bacana, mas a mãe não tinha tanto tempo para os detalhes.

Adéle e Najla foram para a cozinha preparar o café. Samira pulou para o sofá, pensando no *show* em que iria no sábado com os amigos, teve até um frio na barriga quando lembrou-se de Daniel. E, pensando nele, Samira saiu do ar. Foi para longe, para o primeiro dia de aula, quando Daniel, na carteira da frente, se virou para trás de repente, olhou bem para os olhos de Samira e pediu um lápis emprestado. Aqueles olhos azuis a deixaram meio atrapalhada. Foi algo inesperado. "A Cibele disse que eu fiquei vermelha", lembrou. "Mas que coisa, isso nunca havia acontecido comigo antes. E, desde esse dia, toda hora no intervalo ele vem me provocar, e muitas vezes me olha. Ai, será que no *show* ele vai tentar alguma coisa?"

– Samira, você vai querer café também? – perguntou vó Najla. – Sa-mi-ra? Por onde você anda? Está no mundo da Lua?

– Hã? Ah, sim, quero...

Adéle e Najla se entreolharam enquanto apoiavam a bandeja com o *ibrik*, um bule de cobre muito bonito e três xícaras na mesinha de centro. Samira dificilmente tomava café, mas do da sua vó, que o pó ficava no fundo da xícara, ela gostava. Às vezes, até brincava com a vó de ler o futuro na borra.

E as três tomaram seus cafés, a mãe, com mais pressa, porque tinha que sair para uma reunião.

– Seu pai vem te buscar às seis. Ah, e vou mandar o e-mail para minha amiga que está em Beirute, vamos ver se ela tem mesmo um filho da sua idade.

– Tá, mãe.

Samira se despediu da mãe. A avó foi dar a sua dormidinha no quarto. A menina ficou na sala, que estava tão quieta àquela hora, só os barulhos da máquina de lavar louça e do radinho da Mariza abafados lá na cozinha. Samira tentava ver alguma coisa no fundo da xícara e enxergou um barco. Olhou para Lua dizendo: "acho que num futuro próximo você vai ler as aventuras de *Simbad, o marujo*". E riu consigo mesma. Havia levado seu livro, porque à noite, sempre cansada e com muito sono, não avançava na história. Afundou no sofá com o livro aberto, e Lua, em seus pés, adormecia.

Enquanto o gigante de um olho só matava os tripulantes do navio de Simbad, e Samira torcia para que o marujo não fosse o próximo escolhido, o telefone tocou. Ela correu para atender.

– Samira?

– Oi, mãe.

– A vovó está descansando?

– Está sim, mãe.

– E você, o que está fazendo?

– Lendo o Simbad.

– Ah, olha, já mandei o e-mail para a Sara, lá em Beirute.

– Valeu, mãe, tomara que ela tenha um filho da minha idade.

– Seria bacana mesmo.

– Bom, então, se está tudo tranquilo por aí, vou começar minha reunião agora. Beijinho.

– Tchau.

Samira voltou para o sofá e, antes de retomar a leitura, ficou imaginando o que perguntaria para um menino sírio refugiado. "Nem sei, nem posso imaginar o que seria deixar minhas amigas, minha escola, meu quarto, a casa da vó e ir viver em outro lugar. Minha mãe sempre conta sobre o tempo em que vivemos na Inglaterra porque meu pai havia ganhado uma bolsa de estudos. Nem lembro, só vejo as fotos, eu era bebê. Mas morar em outro lugar porque se quer é uma coisa, sair obrigado é outra. Será que ele vai querer conversar comigo? Ai, sei lá, se eu quero mesmo. Bom, nem sei se ele existe e..." – entre pensar no menino sírio e ler, chegou ao final da história. E foi só fechar o livro e olhar para o teto, roçar os pés na Lua que dormia e ronronava, para já começar a pensar no Daniel...

– Samira – chamou a avó –, quer um lanche?

– Quero sim, vó. – Respondeu rápido, apesar de estar quase vendo os cabelos cacheados e castanhos do Daniel na aula de Educação Física. "Como ele era esperto, não perdia uma bola", pensou.

Na mesa, a avó olhava para Samira e ficava encantada de ver a menina já com jeito de mocinha. Ela recordou-se de que, na idade da neta, havia enfrentado tantas coisas, viajado do Líbano com seus pais para o Brasil. Chegara com 8 anos e, aos 12, já sabia falar português. Às vezes, ela quase podia sentir o cheiro do mar daquela longa travessia. Suspirou fundo.

– Que foi, vó? – perguntou Samira, estranhando.

– Nada, só estava pensando em como o tempo passa. E também me lembrava da travessia que minha família fez para vir para cá.

– Quantos anos você tinha, vó?

– Oito, foi em 1948. Tão corajosos! – Najla fechava os olhos como se quisesse rever os familiares. – Meus pais, um tio e dois primos! Atravessamos o oceano em direção a um lugar desconhecido. Quer dizer, sabíamos de algumas coisas por meio das cartas de outros familiares, da tia Jamila e tio Magid, que já viviam por aqui. Mas ser imigrante não era nada fácil. Ainda mais vindo de um país com uma cultura muito diferente da dos brasileiros. Imagine que nos chamavam de turcos. Turcos! E os turcos nem árabes são.

– Vó, na escola já me falaram que eu era turquinha, por causa do meu nariz...

– Está vendo, Samira. Até hoje! E é um erro. Claro que já virou uma brincadeira para mim, mas os mais velhos que viviam aqui, desde o início do século, se sentiam humilhados.

– Mas por que humilhados? E, se eram libaneses, por que as pessoas os chamavam de turcos? Não entendo.

– É que tanto a Síria quanto o Líbano eram dominados pela Turquia. Havia o império Turco-Otomano, que governou por séculos muitos países, então sírios e libaneses chegavam com passaportes da Turquia, falando árabe. Daí a confusão! E eles sentiam-se humilhados, porque saíam de suas terras justamente pela opressão dos turcos.

– Ai, vó, nem te conto, mas eu mesma confundia essa coisa da Turquia.

– Mas na escola vocês não estudam Geografia? Acho que vocês é que não prestam atenção! Com internet, televisão, e ainda hoje os árabes são confundidos com os turcos! Ah, eu tinha uma tia, que morava no interior, em Tupi Paulista, que não deixava barato, acho que você foi à casa dela quando era bem pequena, ela viveu até os 102 anos. Ah, a tia Jamila era terrível. Ela veio muito antes do que nós, com o tio Magid e o filho. E para ela foi duro sair de Zahle, que é também a minha cidade de nascimento, e foi triste deixar o seu querido rio Baudarni. Na mala, tia Jamila queria levar coisas e mais coisas. Chorava, ainda mais quando tio Magid dizia para tia Jamila que não poderia levar Zahle inteira dentro de uma mala. Mas ela não se conformava em ficar sem suas tâmaras... "Ah, isso é que não!" E dizia que não seria ninguém sem a deliciosa fruta. Assim, acomodou os lençóis brancos de linho e dentro das fronhas guardou um monte de semente de tâmara. Quando se estabeleceram em Tupi, ela pegou suas sementes e plantou. Feliz da vida. E nasceu um único pé. Dessa árvore, no quintal, de que ela se orgulhava tanto, as tâmaras nasciam aos montes, e nas mãos da tia viravam as mais deliciosas compotas. Hum, só de lembrar me dá água na boca. E ela vendia o doce. Mas, uma vez, ficou furiosa, pois uma amiga de sua vizinha, que morava numa cidade próxima, veio comprar compota e disse: "Estava tão curiosa para comer o doce da amiga turca". Ai, Samira, tia Jamila ficou uma fera. Foi buscar a compota, abriu o vidro e jogou duas colheres de sopa de sal. E com o maior sorriso entregou para a pobre mulher...

– Que malvada!!

– Ela tinha uma mágoa muito grande dos turcos e não perdoava quem a chamasse assim.

– E será que ainda existe essa árvore de tâmara?

– Sabe que sim? Falei com minha prima e a árvore está lá, bonita e alta. É um coqueiro e continua dando as tâmaras da tia Jamila.

Trim trim.

– Ih, o interfone, deve ser seu pai.

– Dona Najla, seu Pedro disse para a Samira descer.

– Tchau, vó, deixa um beijo para o vô.

– Hoje ele chega mais tarde, pena, mas domingo nos vemos todos.

Samira desceu correndo, o pai não gostava de ficar esperando, era bem perigoso, já fora assaltado duas vezes.

– Oi, pai!

– Oi, Samira. Passou bem na vovó? – foi perguntando e ajudando a filha a ajeitar a mochila no banco de trás.

– Sim, hoje ela me contou de quando veio ao Brasil.

– Que bom, sua vó tem muitas histórias incríveis. – Pedro olhava o trânsito e o rosto animado de Samira.

Em casa, a mãe já os esperava com o jantar. Sopa. "Argh", disse Samira bem baixinho.

– Samira, o nome dele é Karim – disse a mãe, enquanto ajeitava a tigela da sopa.

– Como? – perguntou Samira, distraída...

– Quem é Karim? – quis saber o pai, com uma cara de quem brinca que não gostou...

– É o filho da Sara. Bem que eu lembrava que ela tinha um, mas não sei por que veio a dúvida da idade do garoto. Acho que aquele congresso em que nos conhecemos foi há uns 8 anos. Nossa! Como o tempo passa. Que bom retomar o contato. Eles estão vivendo em Beirute. Que difícil, deixaram tudo em Aleppo.

– Karim! Aqui no Brasil não conheço ninguém que se chame Karim. Parece nome de mulher.

– Samira, não seja criancinha – falou a mãe em tom de reprovação.

– E? – O pai, que não sabia da combinação, continuava olhando para as duas.

– É que eu vou trocar e-mails com esse garoto, pai. Sei lá, vamos conversar.

– E eu vou traduzir para o árabe – disse a mãe, enquanto servia a sopa.

– Que bacana! Samira, é uma oportunidade rara poder se comunicar com um garoto que, imagino, terá coisas bem novas para te contar! E você para ele. – comentou o pai.

– Quer mais sopa, Pedro?

Assim que terminou a sobremesa, Samira saiu da mesa pensando: "ai, essa mania *ligth* da mamãe, agora sobremesa à noite é frutinha, argh!". Os pais ainda ficariam um tempão conversando. No quarto, Samira ligou o computador para combinar com a Cibele de ir, no sábado à tarde, assistir ao *show*. Além do Daniel, Bruno, Cris e Adriana também iriam. Saiu da cadeira animada para experimentar uma blusa nova! Ao mesmo tempo que gostava do jeito diferente do seu corpo, ainda estranhava um pouco. Às vezes, achava-se bonita e, de repente, olhava para seu nariz e o achava grande. Passou um tempão em frente ao espelho, experimentou batom, brilho, lápis no olho e até rímel. Imaginava a cara do Daniel quando a visse maquiada. Claro que não iria exagerar, mas com certeza ele ficaria surpreso.

– Samira, boa noite – foi dizendo a mãe, do outro lado da porta. Ela nem se atrevia a entrar de supetão, já sabia que, quando Samira se fechava no quarto, dificilmente queria papo.

– Boa noite, mãe. Ah, vou escrever o texto para o Karim e te mando por *e-mail*.

– Pode ser. Boa noite.

"Karim, ai, ai, que nome! Mas até que estou curiosa de escrever para ele." Samira deixou o espelho e foi até a escrivaninha. "Vamos lá! Ai, Karim..."

> Oi, Karim, td bem?
>
> Sou Samira aqui de SP. Tenho 12 anos. E tô curiosa p saber coisas da sua cidade, cultura e do q vc faz por aí. Aqui vivo num ap com meus pais. Tenho uma irmã mais velha que está morando no Uruguai. Outro dia vi q umas moças

> usavam lenços na cabeça e fiquei sabendo que eram muçulmanas, mas descobri q são vários tipos de vestimentas usadas, dependendo do país. Como eh aí no Líbano? E os homens tb usam roupas diferentes como as mulheres? E na Síria (minha mãe contou q vcs moravam na Síria), é parecido? Ah, c vc puder me dizer como é a sua religião, meus avós são árabes, nasceram no Líbano e são católicos. Eu n ligo mto p religião, dificilmente vou a uma igreja. E vc?
>
> Td q vc quiser saber daqui de SP e do Brasil pode me perguntar tb. Blz?
>
> ((( )))
>
> Samira

Deu um *enter* e, já cansada, pensou em dormir. "Ai, antes tenho que tirar toda a maquiagem." Samira adormeceu logo, e de manhã bem cedo ouvia de longe o pai.

– Samira, não vou chamar duas vezes, venha tomar o café – gritou o pai.

– Tá, papis, tô indo... – E levantou bem devagar, escovou os dentes e foi para a mesa.

– Samira, acabei de ver seu e-mail para o Karim – comentou a mãe. – Eu não vou traduzir suas abreviações, pode escrever como se escreve uma redação, um texto normal, porque não vou decifrar tudo, não. Tem um c lá perdido que não entendi de jeito nenhum.

– Ah, mãe, c é *se*, tipo assim *se* você for, *se* ela quiser.

– Mas, Samira, vou traduzir para o árabe... E aquele sinal no fim, antes do seu nome, o que significa?

– Mãe, você não usa internet? Tá por fora total!

– Ok, Samira, mas me diz o que é o tal dos parênteses repetidos? Beijos?

– Não, mamis, abraços...

A mãe riu.

4. Droga de guerra

Sentado diante do computador, Karim não sabia muito bem o que fazer, o que pensar e muito menos o que sentir. Ele se remexia na cadeira, passava os dedos pelos cabelos que insistiam em cair na testa, olhava da tela azulada para as paredes forradas de livros e nada... Nem uma palavra ele conseguia fazer escorrer do cérebro para a ponta dos dedos. Também pudera! Nunca tinha escrito para uma garota. Aliás, mal conversava com as meninas, que pouco via. Passava a maior parte do dia na escola masculina. Vinha direto para casa fazer as lições e, quando dava tempo, jogava futebol com os vizinhos no campo improvisado. Um deles encontrou uma caixa cheia de fuzis russos AK-47, velhos e sem conserto, que os meninos usavam para brincar de guerra. Isso era complicado e, em geral, terminava em briga, pois ninguém queria fazer o papel de soldado do exército de Bashar al-Assad. Depois discutiam sobre as facções, quem seria do Hezbollah ou da Al-Qaeda, e acabavam trocando socos de verdade antes de a "guerra" começar. Agora tinha aparecido aquela história de se corresponder com a tal Samira...

Karim soltou um suspiro igual ao que costuma deixar escapar quando se lembrava do avô. Através da janela via o minarete de uma mesquita próxima, a de Shatila em Ras Beirut. Nisso, seus pensamentos ganharam asas e, de repente, ele se pegou imaginando como seria aquela brasileirinha tão interessada na cidade e na cultura dele, como ela perguntou no e-mail que a mãe dela havia traduzido para um árabe bem estranho – era um árabe diferente, com várias palavras que não se usavam mais no dia a dia. Também não havia nenhuma gíria, pior do que redação de escola, tudo certinho e bem comportado como se fosse o trecho de um livro antigo. Sua mãe tinha explicado que ela escrevia daquele jeito porque tinha aprendido o árabe clássico. Além disso, nunca praticava o idioma no cotidiano, quando a gente aprende várias expressões novas que, aos poucos, vão se incorporando ao nosso vocabulário. Por isso parecia meio artificial e todo cheio de floreios. Mas, ao menos, dava para entender. Ele não falava português, o idioma dela, e o seu inglês era ainda fraquinho para conseguir se corresponder sem a ajuda de alguém.

Por uns instantes Karim fechou os olhos, sua forma predileta de enxergar para além da realidade ao redor. E assim podia ver Samira pulando as ondas do mar, numa tarde ensolarada. Ela era bonita como aquela sua vizinha de Aleppo, de quem nunca mais teve notícias. Os cabelos compridos desciam até o meio das costas, os olhos eram esverdeados como as águas do oceano Atlântico que banhava toda a costa leste do Brasil, de acordo com as pesquisas rápidas que fizera antes de responder às perguntas dela. Era magra, não muito alta e trazia uma correntinha de ouro com um crucifixo preso na ponta. Claro que tudo isso ele também tinha descoberto fuçando nas redes sociais, quando a conexão não falhava nem a eletricidade sumia por horas a fio de tanta sobrecarga. Seu pai explicou que a população de Beirute mais do que dobrara nos últimos meses por causa da chegada de tantos sírios fugindo da guerra. Já era ruim antes, agora ficou muito pior. Era preciso uma paciência sem fim para não enlouquecer com as constantes quedas de energia, que o impedia de jogar *video game* e bater papo pelo computador. Mas, quando ele reclamava, ouvia sempre a mesma história:

– Pare de se queixar, você é um privilegiado! Sabe que da maioria das 300 mil crianças em idade escolar, menos de 40 mil conseguem vagas aqui? – O pai dizia, com aqueles números todos na ponta da língua.

– Pois eu bem que preferia ficar na rua jogando bola – rematava Karim só para provocar, porque no fundo ele até gostava do ambiente do colégio, onde conseguiu fazer algumas amizades novas.

– Você reclama de barriga cheia! – sua mãe replicava, muito brava. – Como seu pai disse, muitos meninos menores do que você trabalham para ajudar as famílias a comprar água, comida e a pagar por um teto miserável, debaixo do qual possam morar.

Naquele dia não foi diferente. Na hora do jantar, ao ouvir o menino soltar um palavrão quando descobriu que a internet estava fora do ar, ela voltou a bater na mesma tecla. Indignada com as maneiras do filho, começou a desfiar uma lista interminável de números. Ela queria provar o quanto a situação deles era melhor do que a maioria dos 2 milhões de sírios que saíram em direção ao Líbano, Jordânia, Turquia, Iraque e Egito desde o início das revoltas populares, em março de 2011, para derrubar o eterno presidente Bashar al-Assad. Havia "campos de referência" encarregados de dar alimentos e abrigo. Mas as quatro representações existentes não dão conta de atender os refugiados, que são mais de 700 mil! – os pais falavam, sempre citando cifras e dados como se tivessem decorado um monte de tabelas para jogar na cara dele.

– Lembre-se de que o Líbano só tem 4 milhões de habitantes – tinha dito o pai. – É um país minúsculo comparado com a Síria! Imagine como vem inchando com as milhares de pessoas que entram neste território tão pequeno a cada dia!

– Claro – respondeu Karim. – Eu fiz uma pesquisa e vi que é ainda menor do que o menor Estado brasileiro, chamado Sergipe, ou alguma coisa parecida.

Sem querer, a mãe soltou uma risada e deu uma piscada em direção ao marido. Ia dizer qualquer coisa, mas preferiu ficar calada. Estava contente que o filho tivesse se interessado em trocar informações com a garota do Brasil, e não queria estragar tudo fazendo algum comentário. Ela conhecia bem o filho e sabia que estava na idade de contrariar os pais. Por exemplo, ele gostava de livros e da escola, mas negava o fato apenas para discordar. E ela sabia que Karim estava empolgado em conversar com Samira, mas se fosse dizer alguma coisa, seria capaz de ele desistir de vez só para bancar o "espírito de porco". Por isso controlou a alegria momentânea e mudou de assunto.

– Sabe o que faremos neste próximo fim de semana?

Karim raciocinou. Tinha um punhado de lugares que ele sonhava em visitar desde que chegaram a Beirute, um ano atrás. Antes quase não passeavam, pois seus pais precisaram trabalhar direto, de domingo a domingo, para sobreviverem decentemente. Quando chegaram, alguns parentes os receberam em um apartamentinho mínimo em Tarik Jedideh. O nome do bairro vinha a calhar. Significava "nova estrada" e traduzia bem o caminho que sua família começava a trilhar neste país. As dificuldades eram imensas, e assim nunca sobrava dinheiro para conhecer as redondezas. O preço dos imóveis subira às alturas justamente por causa de pessoas como eles, que vinham buscar um cotidiano mais perto do "normal" do que na sua terra de origem, destruída pela guerra. Agora, passados vários meses, começavam a se adaptar ao estilo de vida libanês, que não era tão diferente do que estavam acostumados, embora o cotidiano no campo, para onde tiveram que se mudar após alguns meses, não era dos mais fáceis nem dos mais confortáveis.

Nesse intervalo Karim foi estudando um pouco sobre o país e fazendo uma longa lista dos pontos turísticos que estava louco para visitar. Dela constavam o Museu Nacional, repleto de peças arqueológicas muito antigas, da época dos fenícios, os primeiros a chegarem há quase 2.500 anos naquela área, que ocupava, e ainda ocupa, uma posição estratégica na rota do comércio e navegação. Também morria de vontade de ver as imagens esculpidas em um penhasco na foz do Rio Dog, ao norte de Beirute, onde foram gravados os nomes de 18 homens que passaram pelo Líbano para conquistar ou serem conquistados. Entre eles, Ramsés II do Egito, Nabucodonosor da Babilônia, Alexandre, o Grande da Macedônia, e Caracalla, o imperador romano. Mas os planos da mãe eram outros e muito melhores do que ele previa.

– Vamos a Balbek, no Vale do Bekaa – disse ela, triunfante.

Nem precisa dizer que os olhos de Karim brilharam de alegria. Na escola ele havia aprendido sobre a antiga Fenícia, chamada Heliópolis, e que se tornara colônia romana sob o domínio do imperador Augusto. Suas gigantescas ruínas são testemunhos do passado grandioso, que remonta aos anos 138, quando foi construída para Júpiter e Baco, e, ao mesmo tempo, para impressionar o Oriente com o poder de Roma. Tanto que em 1984 entrou para a lista de Patrimônio Mundial da Unesco.

– Oba! – gritou o menino. – Vou consultar o oráculo como os governantes da Antiguidade! – O garoto sorriu e completou: – Assim o centro de adivinhações da acrópole vai nos dizer quando a guerra na Síria vai terminar e a gente vai poder voltar para casa e visitar o túmulo do vovô!

Agora os olhos da mãe, que estavam faiscando de felicidade, ficaram nublados como um dia triste de inverno. Ela se esforçou para esconder uma lágrima que teimou em rolar pelo rosto já marcado por algumas rugas de preocupação. A vida não era nada fácil. Quando acreditava que o filho havia deixado o passado e as dores das perdas para trás, e estava adaptado ao novo país, à escola e aos colegas, via que não era bem assim. A cidade que deixaram estava fincada dentro do coração como uma imagem muito forte. Ela sabia que sempre seriam estrangeiros no Líbano, mesmo que falassem a mesma língua, tivessem a mesma religião e muitos pontos em comum. Não existia nada mais triste do que ser obrigado a partir do lugar que a gente ama, da casa onde cresceu, da rua onde brincou e das mesquitas em que rezava a cada sexta-feira da semana. Em momentos assim, seu coração encolhia, pois o desfecho daquela guerra parecia cada vez menos próximo.

Karim percebeu o mal-estar que causou na mãe e, para disfarçar, saiu da sala e voltou para o computador. Gozado, ultimamente vinha fazendo isto com uma frequência cada vez maior. Estava se tornando um mestre do disfarce. Por sorte a luz não tinha acabado, assim ele pôde reler o e-mail que Samira havia enviado dois dias antes e que ele não sabia direito como responder. Puxa vida, ela queria saber tantas coisas que dava até preguiça, só de pensar! E aquela história dos lenços na cabeça? E das roupas dos homens e das mulheres? Quem faz uma pergunta destas?

    O garoto pegou um lápis e se pôs a rabiscar uma folha de papel. Assim conseguia ordenar os pensamentos. Chegou à conclusão de que estava sendo injusto. Claro que ela tinha o direito de fazer todas aquelas perguntas! Afinal de contas, morava num país tropical onde as mulheres iam seminuas à praia, com biquínis minúsculos, e ninguém ligava nem dizia ser pecado ou imoral. Ele não era burro e tinha feito suas pesquisas para não parecer um bobão. Mas o fato é que estava um pouco intimidado justamente pela questão de se comunicar muito pouco com as meninas da sua idade. Aquele seria um desafio que ele pretendia enfrentar feito homem. E assim, decidido, passou a escolher com firmeza as letras no teclado. Não ia deixar nenhuma Samira pensar que não fosse corajoso o suficiente. Bravura fazia parte da sua herança familiar. Seus dois tios maternos, por exemplo, estavam nas frentes de batalha, e um deles era uma liderança importante numa zona liberada no norte da Síria. Eles haviam encarado não apenas as forças paramilitares do ditador al-Assad, mas também combatido muitos membros da Al-Qaeda que pretendiam transformar a Síria numa nação radicalmente islâmica. E isso não poderia acontecer. Embora religiosa, a família de Karim lutava por um país democrático e secular, com liberdade de culto e igualdade de direitos entre todos os cidadãos. Pelo menos era o que ele escutava seu pai dizer nas palestras e o que lia nos artigos de jornal. E era o que pretendia explicar para aquela brasileirinha que já começava a ocupar uma parte importante do seu cérebro e dos seus pensamentos. Com esta decisão tomada, digitou:

> Bom dia, Samira, lindo nome o seu, sabe o que significa?

"Não, isso não está legal, ela vai pensar que eu estou a fim dela", ele pensou em voz alta. Apagou a frase e recomeçou:

> Bom dia. Eu tenho 13 anos, sou filho único e moro com meus pais. Há quase dois anos viemos de Aleppo, porque não era mais possível sobreviver numa zona de guerra, principalmente depois que o grupo do Estado Islâmico, o ISIS, passou a querer mandar em todo mundo, aterrorizando quem não obedecia. As escolas fechavam a maior parte do tempo, alguns conhecidos morreram nos bombardeios e a universidade em que meus pais trabalhavam também fechou. Chegamos em Beirute em pleno inverno, fazia um frio de matar. Tivemos que deixar para trás todos os nossos pertences, e perdi a maioria das minhas coisas e todos os meus amigos.

Nisso o garoto congelou. A imagem do seu grande companheiro surgiu diante dele e foi aumentando até ocupar todo o espaço do quarto. Daí foi diminuindo, diminuindo e virou um ponto escuro perdido num lugar indefinido dentro do cérebro de Karim – aquela parte onde a gente costuma esconder as memórias mais dolorosas, mais pesadas. Tão tristes que chegam a ser insuportáveis e que, por isso mesmo, somos obrigados a transformá-las em esquecimento. Certas coisas era melhor nem lembrar e muito menos comentar com uma desconhecida do outro lado do planeta. Sacudindo então para longe aquelas imagens do colega, que às vezes o assaltavam como um pesadelo, Karim prosseguiu.

> Aqui a vida também não tem sido fácil, há raiva e preconceito contra os refugiados, que brigam pelos empregos dos libaneses e trabalham por muito menos, meu pai explicou. O mais chato de tudo é que a internet é sempre instável, às vezes estou vencendo um game superdifícil e morro porque de repente acaba a luz.

Karim hesitou, sem saber como ir adiante. Não ia admitir que tinha mudado para um campo de refugiados, pois no fundo sentia um pouco de vergonha. Então releu as perguntas dela e continuou:

> A gente usa roupas comuns, mas quando eu ia com meu avô à mesquita, vestíamos túnicas compridas e brancas, que eu nunca mais consegui usar depois que ele morreu. Ah... Claro, sou muçulmano, mas conheço muitos cristãos maronitas que frequentavam uma escola perto da minha. O Líbano é legal... No próximo fim de semana vou conhecer uma das ruínas mais famosas do mundo, Balbek, no Vale do Bekaa. Lá existe também um grande campo de refugiados palestinos. Dizem que ali vivem muitos membros do Hezbollah.

Para ele, aquele nome era a coisa mais comum do mundo, fazia parte do seu cotidiano. Mas e ela, será que já tinha ouvido falar deles? Por via das dúvidas, não custava nada explicar.

> O Hezbollah é uma organização política que tem exército próprio.

Ia dizer que o grupo é de fundamentalistas xiitas, mas daí ele empacou outra vez. Teria que explicar as diferenças entre xiismo e sunismo, falar que dentro do Líbano eram muito respeitados e queridos pela população mais humilde, que recebia deles todo tipo de assistência e apoio, mas eram obviamente vistos como terroristas pelos Estados Unidos, e blá-blá-blá. Seu *e-mail* ia ficar parecendo uma aula de História chata e ela provavelmente nunca mais iria escrever. Assim, preferiu ir direto ao assunto, sem entrar nestes detalhes todos que, talvez, pudesse ir esclarecendo ao longo do tempo, se fosse o caso e ela quisesse saber.

> É um problema, porque parece que o Hezbollah recebe grana do Irã e luta para manter o regime do ditador Assad. Tudo é muito complicado, mas devagar vou tentar explicar a você como é a Síria e o que está acontecendo, ok? Enquanto isso, queria saber sobre os times de futebol brasileiros, para qual você torce e de que jogador gosta mais.

Neste ponto Karim parou. Caramba, será que aquilo era pergunta a se fazer a uma menina? E se ela detestasse futebol? Dane-se... Não ia apagar tudo. Então continuou.

> Bom, eu também queria saber sobre a cultura brasileira, gosto de bossa nova e meus pais adoram "Garota de Ipanema", que já escutei milhões de vezes. Sabe, meu sonho é ir a um jogo no Maracanã, mas o dinheiro anda curto. Quem sabe no futuro consiga viajar para o Brasil, tenho uns parentes que emigraram, mas perdemos o contato.

O garoto parou de novo, indeciso sobre como terminar. Então despediu-se com um desabafo:

> A guerra é uma droga! Mas no próximo e-mail eu conto com mais detalhes sobre a minha vida. Enquanto isso, fico esperando a sua resposta, *Insh'Allah*.

5. Igrejas, mesquitas e minaretes

— Cibele, não vai dar bandeira, o Daniel nem imagina.

— Samira, até parece que ele não sabe...

— Só se você contou.

— Eu nunca faria isso. Segredo é segredo. Mas é que eu vejo a cara que você faz quando ele aparece. Agora mesmo, na aula de História, ficou até vermelha de novo e...

— Ai, Cibele, nem me fale. Não quero dar nenhuma pista, ainda mais porque nem sei o que ele sente por mim. Só que ele está sempre me olhando... E, Ci, ele é lindo. E, ainda, tão inteligente. Fico boba de ver como ele sabe tudo de Matemática. Só tira dez. E eu preciso até de aula particular para entender essas contas chatíssimas.

— É, e parece que ele também fica meio sem graça quando está perto de você. Sei lá, pode ser que ele também goste de você. Mas ele vive jogando bola com os meninos, só de vez em quando fica com a gente. Um milagre que ele topou ir ao *show*.

Samira sentiu um arrepio quando pensou no *show*. Era a primeira vez que sairia sozinha com os amigos. Bem diferente do que ir ao *shopping* – aliás, ela não gostava muito de *shopping*. Mas era o lugar onde a mãe a deixava circular de um jeito mais independente.

– E o Pedro, Samira? Pior que o Daniel. Bem que eu tentei convidar, mas...

– Ah, o Pedro só pensa em *video game*. Nossa, não sei como aguenta. Ih, acabei de lembrar que tenho que terminar de escrever para o Karim.

– Karim?

– É, o menino sírio de que te falei. Ele me perguntou sobre futebol... Ai, que preguiça. Mas ele está me contando um monte de coisa sobre o mundo árabe, o que está acontecendo, os conflitos, mas não é tão fácil entender. Aliás, vou tentar tirar umas dúvidas com ele, no último *e-mail* ele disse dos cristãos maronitas. Você imagina, Ci, para mim, só havia cristãos da igreja católica.

– E ele é cristão?

– Não, ele é muçulmano.

– Ai, Samira, sabe que quando ouço a palavra muçulmano eu já penso em guerra, confusão...

– Mas não é assim, quer dizer, eu estou começando a entender algumas coisas. Sabia que existem mais de 900 milhões de muçulmanos no mundo? E muçulmano é aquele que segue o *Alcorão*, o livro sagrado. Eu fui até pesquisar sobre o Islã, porque senão vou parecer tonta fazendo perguntas muito óbvias.

— E quem escreveu o *Alcorão*?

— O profeta Maomé, que recebeu a palavra de Deus, que é Alá.

— Alá...

— Meninas, a aula vai começar, o intervalo já acabou — disse Pedro, que passou correndo para ir à classe. As duas se entreolharam e, rápidas, o seguiram. A professora estava começando a trabalhar o texto da semana passada. Olhou feio, mas consentiu que eles entrassem.

— O ciúme é um personagem também? Por quê? — perguntou a professora Ana.

— A menina gostava do Omar.

— Ah, que dureza, professora.

— Mas essa irmã... ganhava todas...

— Será?

Samira havia lido o conto da escritora Lygia Bojunga, também havia pesquisado sobre a vida da autora para um trabalho. Achou interessante saber que Lygia tinha sido atriz e que recebeu muitos prêmios por seu trabalho. Era incrível como sempre se identificava com algum personagem dessa autora. Como nesse texto que estavam lendo, a garota da história também tinha uma irmã mais velha e, às vezes, sentia ciúme. Samira e Leila brigavam bastante.

As diferenças eram grandes, a começar pela idade. Sempre uma confusão no fim de semana. A Leila, quando estava com 12 anos, não queria mais fazer os programas de que Samira, com 6, gostava. O único momento que mais ou menos dava certo era ir andar de bicicleta no parque.

Samira lembrava-se da foto da irmã com os amigos lá em Montevideo, que viu outro dia na rede social. "Ai, que delícia, ela pode andar por onde quiser sem dar satisfação. *Insh'Allah*, que chegue a minha vez!", sorriu, pensando na expressão nova que tinha aprendido.

A aula chegou ao fim, e ela foi fechando livros e cadernos. A mãe, que aguardava no carro, viu pelo retrovisor a filha vindo com a Cibele. Elas riam e uma hora pararam como se estivessem trocando o maior segredo do mundo. Despediram-se e Samira correu para o carro.

– Oi, mãe.

– Oi, Sami, você demorou hoje.

– Ah, mãe, acho que eu poderia voltar sozinha para casa, é só um ônibus. Eu já sei como faz para voltar.

– Samira, já falei que logo, logo você estará circulando mais sozinha. Espera um pouco...

– Ah, mãe, a Leila faz o que quer sem dar satisfação. Na minha idade, ela já voltava sozinha da escola.

– Samira, a escola era ao lado de casa. Só por isso. Você vai até a padaria, à banca de jornal, sozinha também.

– Tá, tá, mãe – resmungou irritada.

Até que se distraiu vendo o movimento da rua. Passaram por uma igreja linda, onde Samira tinha ido a algumas missas, mas fazia tempo que seus pais não a levavam. Lembrou-se da viagem para as cidades históricas de Minas. Samira ficou impressionada com um altar todo em ouro, e os santos esculpidos em madeira, alguns com cabelos de verdade. Outros com olhos de vidro. Samira não esqueceu da imagem de um Jesus Cristo crucificado, os pés e mãos sangrando, a cabeça com aqueles espinhos. Parecia tão real. "Conheço poucas igrejas aqui em São Paulo", pensou. "E como será uma muçulmana? Igreja? Acho que nem deve ter esse nome. Ah, mas isso não vou perguntar para o Karim, melhor dar uma pesquisada antes."

A mãe deixou Samira em casa e foi para a faculdade. Hoje, almoçaria com a Miguelina, que trabalhava na sua casa desde que era pequena.

– Hum, Miguelina, o feijão está delicioso. – As duas conversavam sem parar no almoço, Miguelina sentava com ela e, muitas vezes, Samira contava suas coisas.

– Samira, hoje à tarde você não fica na sala não, porque vou limpar por lá.

– Tá, Miguelina, combinado. Ainda bem que hoje tenho muita coisa para fazer. – E, terminando a sobremesa, foi logo saindo, meio saltitando até o quarto. A avó Najla chamava Samira de cabritinha quando a via pulando dessa maneira.

Samira sentiu um certo sono, mas nem se atrevia a dar uma dormidinha, porque senão passaria a tarde inteira dormindo, e depois nada de sono à noite. Lição não faltava para fazer, mas, antes, deu uma enrolada, falou no *chat* com umas amigas, deu um oi para a Leila que estava *on-line*. E fez algo que sempre fazia, deitar um pouco, colocar o fone de ouvido e pensar no Daniel. Imaginava o momento que ele chegasse bem perto dela e desse um beijo. "Será que vou saber como beijar? A Cris disse que é tranquilo, mas não quero que ele perceba que nunca beijei. Mas eu nem sei se ele é a fim de mim. Será?" Samira estava imaginando o beijo quando um pássaro pousa bem na sua janela. Ela olha e, de mansinho, tenta pegar seu celular para tirar uma foto. "Ah, escapou!" Em seguida, parece que despertou do beijo tão desejado, até que se lembrou do e-mail para o Karim. Já tinha escrito uma parte, na qual dizia sentir muito pela guerra, e que não podia imaginar como era viver numa constante tensão desse tipo. Abriu o rascunho, leu e ficou pensando em como continuar, ou o que perguntar. Pesquisou na internet algumas coisas antes de escrever. E digitou "Igreja muçulmana". "Ah, chama-se mesquita. É um local de culto para os muçulmanos, que vão lá para rezar, mas que também tem um papel comunitário. A maioria possui cúpulas e minaretes. "Minaretes? Deixa ver o que são..." Minarete é a torre da mesquita. "Ah, lá que se faz o chamado para a oração. São cinco chamados diários. Será que o Karim reza cinco vezes por dia? Mas e se ele estiver no meio de uma aula, ou no meio de um jogo de futebol? Deixa ver, hum, o maior minarete tem 210 metros, o mais alto do mundo. E fica no Marrocos. O vovô e a vovó já foram ao Marrocos duas vezes. Vou perguntar se eles viram esse minarete. Será que Karim vai achar chato se eu perguntar sobre as rezas, as mesquitas? Ah, se eu começar a pensar o que ele pode achar chato, não vou escrever nada. Outra coisa que fico curiosa é sobre as vestimentas das mulheres, será que as meninas da minha idade também usam? Pelo que entendi, ele usa uma túnica branca para ir à mesquita, mas no dia a dia veste-se normalmente. Acho que não vou parecer desinformada se fizer essas perguntinhas, uma coisa é a gente pesquisar na internet, outra é saber os costumes que ele, que é árabe e muçulmano, realmente segue."

E pensando em pesquisar algumas coisas antes de perguntar ao Karim, Samira começou a dar uma busca por imagens e colocou "crianças sírias", para ver como elas se vestiam, ou como eram. Para seu espanto, viu muitas crianças machucadas e até mortas... Suspirou e fechou a tela.

Por algum momento, sentiu um certo desânimo em escrever a Karim, quase como se não quisesse lidar com uma realidade tão triste. "Será que ele viu ao vivo coisas tão terríveis? Isso não. Isso não vou perguntar." Samira foi até a cozinha beber um copo de água, Miguelina estava lá ajeitando o cabelo, bem preto e comprido.

– Menina, tem bolo aí, ainda tá quente, mas daqui a pouco você pode comer. Sua mãe vai chegar tarde.

– Já sei, Miguelina.

– O que você tem, Samira?

– Nada, é que... – Samira nem sabia exatamente o que estava sentindo, e nem quis dizer.

– O quê?

– Nada, estou com um pouco de sono.

– Então dorme um pouquinho. Vocês que estão nessa fase de crescimento vivem com sono. Bom, Samirinha, já vou. – Miguelina deu um beijo na menina e se foi.

Samira voltou para o quarto, gostava de ficar sozinha em casa. Sentou-se à escrivaninha. Resolveu terminar o e-mail. "Bem, parei aqui..."

> Torço para o Corinthians, mas, na verdade, aqui em casa ninguém dá muita bola para futebol. Só na Copa do Mundo meu pai se anima. Mas meu vô, Rachid, é corintiano, e eu sempre ia ao estádio com ele e meus primos, agora faz séculos que não vou. Minha mãe não gosta muito que a gente vá, porque, às vezes, tem violência.

Samira parou nessa hora, refletiu: "Ai, eu falando de violência, depois daquelas imagens... apesar que aqui também tem coisas complicadas, mas, sei lá, parece que está longe da gente. Escrevo isso ou não? Vou escrever. Bem, que mais? Deixa eu ler o que minha mãe traduziu do e-mail dele. Aqui, qual é o jogador..."

> Pra ser sincera, Karim, não sou a maior fã de futebol, mas não tem como não acompanhar o Neymar. Vira e mexe a gente ouve falar, vê os gols dele na TV, vê foto dele em revista. Ele realmente é um craque. Tem o Kaká também, você já ouviu falar? Quanto à música, a "Garota de Ipanema" (que outro dia li numa reportagem que é a música mais ouvida no mundo, depois de "Imagine", do John Lennon) é de dois compositores muito famosos aqui no Brasil, chamados Tom Jobim e Vinicius de Moraes. Eu não ouço tanto as músicas deles, quer dizer, acabo ouvindo porque meus pais adoram bossa nova. Eu mesma ouço outro tipo de música, depois envio para você. Ah, você poderia mandar também o que mais ouve por aí? Bem, ainda estou curiosa para saber muitas coisas do mundo árabe, as religiões, por exemplo, como é ser católico maronita? E que outras religiões existem? E você reza cinco vezes ao dia? E tem que ser no momento do chamado? E se você está na escola? Não repare se pergunto demais, mas é que ando lendo algumas coisas e me interessando bastante pelo mundo árabe. Outro dia, meus pais estavam vendo um canal francês e passava um documentário que mostrava uns meninos palestinos que praticavam um esporte chamado *Parkour*. Era impressionante o que eles faziam. Saltavam muros, pulavam grandes alturas. E os meninos disseram que era uma forma de se sentirem livres, já que viviam oprimidos.

> Acho que desde o dia em que comecei a escrever para você e receber notícias daí, fiquei mais atenta. Bom, entre outras coisas que você contou no e-mail anterior, queria saber mais sobre os xiitas e sunitas e também sobre os alauítas.

Samira hesitou um pouco nessa hora e sorriu. "Na verdade não entendi nada das diferenças entre xiitas e sunitas e ainda tem alauíta. Também fiquei na dúvida sobre o Hezbollah. Mas acho que com o tempo vou perguntando. E essa história de ele não saber nada mais sobre alguns amigos. Que esquisito!! Nem tenho coragem de perguntar se eles... morreram." E retomou a escrita:

> Bem, acho que vou parando por aqui. Espero que a guerra acabe por aí e você possa voltar para sua terra e quem sabe um dia vir ao Brasil.
>
> Beijos,
>
> Samira

A menina nem viu o tempo passar, já era tarde, entre escrever e pesquisar a hora se foi. Não se deu conta de que a mãe logo, logo chegaria. "Ih, só faltou a lição. Matemática!!! Ai, não estou com a mínima vontade... Bem que o Daniel poderia me ajudar, já pensou se a gente começar a namorar...", e imaginando a cena dos dois de mãos dadas, Samira não conseguiu se concentrar mais.

6. O beijo

O último e-mail da garota brasileira ainda estava ecoando no cérebro de Karim. Não tanto pelo que ela contou dos jogadores, o Kaká e o Neymar, verdadeiros craques do futebol que nenhum torcedor podia ignorar. Também não era pelo fato de Samira trazer um ar fresco do outro lado do mundo, onde não havia guerras, ameaças, cortes de energia, tristeza, morte, nem este sentimento que oprimia o peito e vira e mexe dava vontade de chorar – mesmo ele sendo um garoto que preferia engolir as lágrimas a mostrar sinais de fraqueza. Na realidade, o que mais havia mexido com ele era o finalzinho do e-mail, quando ela terminava mandando um beijo. Aquilo foi uma surpresa das grandes, que Karim a custo tentava entender e assimilar. Nunca tinha beijado uma garota e pouco pensava no assunto. Mas agora, lendo e relendo a derradeira palavra, seu corpo parecia pegar fogo e sua imaginação voava para mais longe do que ele gostaria.

Contra sua vontade, de repente se pegava pensando nela, de cabelos soltos saindo do mar no seu biquíni mínimo, que mostrava o corpo inteiro como nas revistas e no cinema. Porque nas praias que frequentava, as mulheres cobriam-se com pudor e não gostavam de exibir o corpo diante de homens estranhos à família. Este costume perdurava, assim como o de apresentar os noivos, que se casavam não por escolha e decisão própria. Seus pais foram uma exceção. Eles se conheceram na universidade e começaram a namorar escondido. Não queriam contar para ninguém porque sabiam dos problemas que iriam surgir. Isso porque ela era sunita e ele, alauíta. Permaneceram assim, sem revelar a sua paixão, por dois anos, até se formarem. Daí o pai dele conseguiu uma vaga muito promissora na Universidade de Damasco. Significava que teria que se mudar, mas não queria ir embora sem a namorada. O jeito foi contar para a família, já esperando pelo pior. Só que, para espanto deles, todos aceitaram o novo casal sem fazer grandes objeções. Viram que se tratava de duas pessoas muito boas, que foram feitos um para o outro. E assim celebraram o casamento, para a alegria dos pais de Karim, que sempre deram muito valor à família e queriam manter os mesmos laços de sempre. Claro que a história teria sido outra se um deles fosse cristão, por exemplo. Aí dificilmente haveria entendimento. Mas sendo ambos muçulmanos, embora de correntes diferentes, não houve oposição. Na época ressaltaram, inclusive, que Bashar al-Assad era alauíta e sua esposa, Almaa, sunita. E apesar de não gostarem nem um pouco do presidente, a quem chamavam de "ditador" ou "monarca absolutista", por ter herdado o cargo do pai e permanecer nele eternamente, sem convocar eleições, usaram o exemplo do casal para ilustrar a decisão.

Como uma coisa leva a outra, estas recordações de Karim trouxeram à mente mais questões colocadas por

Samira. Ela queria saber as diferenças entre as várias vertentes do islamismo, se ele rezava cinco vezes ao dia e mais mil outras perguntas. Ele nem sabia por onde começar, mas tinha que satisfazer a curiosidade dela. Se quisessem ser amigos e se desejassem, quem sabe, se encontrar no Brasil ou em algum outro lugar do planeta, precisavam saber dos costumes um do outro. Com esta ideia na cabeça, sentou-se diante do computador e se pôs a teclar:

> Bom dia, Samira, espero que você esteja bem, curtindo o sol tropical que dizem ser muito parecido com o nosso.

Leu a frase, achou meio boba e apagou, para então reiniciar:

> Oi, Samira. Vou responder suas perguntas, mas espero que não me torne um chato nem pareça um professor daqueles insuportáveis. Você queria saber das nossas rezas diárias. Pois bem, qualquer muçulmano tem que respeitar os cinco pilares da religião. Para facilitar, vou fazer uma lista:
>
> - Recitar o credo (dizendo que não há outro deus além de Alá e que Maomé é o seu mensageiro);
>
> - Orar em árabe (conforme está no *Corão*, nosso livro sagrado, cinco vezes ao longo do dia);
>
> - Pagar o dízimo (chamamos de *Zakat*);
>
> - Jejuar durante o Ramadã;
>
> - Fazer o Haj (a peregrinação a Meca).

Para lembrar os seguidores de que chegou a hora das orações, os muezins chamam os fiéis do alto das mesquitas ao alvorecer, depois do meio-dia, antes e logo após o pôr do sol e cerca de uma hora depois de escurecer. Antigamente havia muezins em cada minarete, mas eles foram substituídos por gravações e alto-falantes. Eu mesmo nunca vi um muezim em carne e osso, eles são de antigamente, do tempo dos meus pais. Ah... Para fazer as orações, a gente pode ajoelhar em qualquer local, desde que esteja limpo, sempre virado no sentido de Meca, na Arábia Saudita. Claro que se estou no meio de uma prova, não vou interromper tudo pra rezar, mas em geral as escolas religiosas como a minha já fazem os horários respeitando o momento da prece, de modo que sempre temos alguns minutos disponíveis para rezar sem ter que interromper alguma tarefa.

Karim descansou um pouco e logo continuou:

Antes da oração, é legal fazer abluções, quer dizer, lavar o rosto, os braços e os pés até os tornozelos. Durante o mês do Ramadã, os adultos não podem comer até o sol se pôr. As crianças não precisam fazer jejum, e eu mesmo só comecei o ano passado e confesso que quase morri de fome... Ficava contando os minutos no relógio até chegar a permissão de avançar na comida preparada especialmente para a quebra do jejum e que fica ainda mais saborosa por causa da espera.

Aqui Karim sentiu uma pontada de tristeza. A memória do seu avô bateu forte como uma rajada de vento e ele mordeu os lábios pra não deixar escapar uma lágrima. Recordou de como seu avô abria a porta da cozinha e com um gesto largo chamava as crianças maiores para comer. No primeiro ano de jejum do neto, o avô notou que ele estava a um triz de engolir alguma coisa escondido e fez uma série de brincadeiras para passar o tempo. Distraído, Karim conseguiu aguentar firme e não cometeu o pecado de quebrar o jejum antes da hora. O menino levou a mão direita aos cabelos como se quisesse afastar tais lembranças para longe e prosseguiu suas explicações detalhadas a Samira:

> A palavra *zakat* significa purificação e crescimento. Cada muçulmano deve calcular anualmente a sua contribuição, em geral 2,5% dos rendimentos, que vai direto para ajudar os mais pobres, que, por sua vez, é claro, estão dispensados de fazer este pagamento. Agora, a peregrinação a Meca, onde nasceu o profeta Maomé no ano 570, e que equivale ao Vaticano dos católicos, deve ser feita ao menos uma vez na vida. Eu ainda não fui, estamos com dinheiro contado por causa das dificuldades trazidas pela guerra, mas meu pai prometeu que, assim que nossa situação melhorar, ele vai me levar. Sei que a cada ano mais de 13 milhões de muçulmanos visitam a cidade na qual está a Kaaba, em volta da qual eles ficam rodando até cansar. Deve ser muito legal, pena que você não possa ir, porque a visita é proibida a quem não seja muçulmano.

Neste ponto Karim consultou o relógio. Eram quase 8 da noite, daqui a pouco seus pais chegariam para o jantar. Iam trazer comida pronta, pois ultimamente eles trabalhavam dobrado, e assim mesmo só conseguiam ganhar o mínimo para pagar as contas. Precisava terminar o e-mail, pois à noite, quando todos voltavam para casa, a internet ficava sobrecarregada e acabava caindo, voltando apenas no dia seguinte. Ainda tinha tanta coisa para responder e contar, que ficou até meio desanimado, mas achou melhor não correr o risco de parar uma frase pelo meio se a luz acabasse. Por isso reuniu forças e foi adiante, porém mudando de assunto.

> Olha, estou mandando um anexo explicando a divisão entre sunitas, xiitas e alauítas, ok? Mas antes eu queria te contar que outro dia me lembrei de você. É que fui pela segunda vez ao Museu de Arqueologia de Beirute, e na entrada eles exibem um vídeo mostrando como esconderam e preservaram as peças antigas durante a Guerra Civil Libanesa. Ela durou 15 anos, de 1975 a 1990, e deixou tudo destruído. Diziam que Beirute era a Paris do Oriente de tão linda. Depois ficou completamente arrasada. Ainda hoje tem casas caindo aos pedaços, com buracos das balas nas paredes e nos muros. Evidentemente, foram reconstruindo, porém nunca vai ficar como antes. Minha mãe vive reclamando que a cidade tem uma cara artificial, meio *fake*, sabe, parecida com Miami, ela fala, acrescentando ter medo de que a mesma coisa aconteça com Aleppo e

Damasco. Porque é impossível recuperar o que virou escombros, os prédios e palácios que se transformaram em pó sumiram para sempre. Uma pena. Mas esta é uma longa história que eu conto uma outra vez. O negócio é que me lembrei de você porque o documentário sobre o Museu tem como fundo musical as *Bachianas*, de Villa-Lobos, um compositor brasileiro, que a professora disse que adorava. Eu também gosto de música e queria saber se você já ouviu falar dele, que me pareceu muito moderno, apesar de ter nascido há muitos anos. Aliás, você pode falar um pouco mais sobre as músicas que prefere? Eu li que fizeram um festival de *rock* no Rio de Janeiro, você e seus amigos foram? Se eu morasse no Brasil, não teria perdido por nada deste mundo!

Bom, antes que eu tenha que interromper este e-mail, queria falar sobre a Síria, que teve seu território ocupado há mais de 5 mil anos e já passou pelas mãos dos persas, do Império Macedônico, Romano, Árabe e Turco-Otomano. Por este motivo temos tantos sítios arqueológicos incríveis, como as ruínas romanas de Palmyra, que você precisa conhecer de qualquer jeito assim que a guerra terminar. Elas ficam num oásis no meio do deserto e são ainda mais bonitas do que as de Balbek, que fui conhecer no outro fim de semana com meus pais. Tem também castelos da época das Cruzadas e, claro, muitas e muitas construções islâmicas.

Karim estalou os dedos, pois recordou um fato bem interessante, que Samira haveria de gostar de saber. Era sobre o nome "Síria", derivado de Ciro, um grande rei da dinastia Aquemênida e fundador do Império Persa, que dominou a Síria no passado. Ele conquistou a Babilônia em 539 a.C. e alguns dizem que libertou os judeus, permitindo seu regresso à Judeia. O monarca baixou um decreto com estas instruções, que foi gravado em escrita cuneiforme no "Cilindro de Ciro". Ele é feito em argila, e está exposto no British Museum, em Londres, que um dia pretendo visitar. Você já esteve lá? Bom, este cilindro é tido como a primeira declaração de direitos humanos de que se tem notícia, porque dava liberdade de culto aos povos conquistados. Em vez de sair matando e humilhando os derrotados, o novo rei ordenou que fossem respeitados e bem acolhidos. Até parece mentira, né? Karim pensou um pouco, e decidiu não ficar se alongando sobre a origem do nome do seu país, e que se ligava à dinastia dos monarcas persas. Achava que estava ficando chato e metido a sabichão. Então preferiu trocar o tema do bate-papo.

> Em Damasco, na entrada do bazar, fica uma estátua do Saladino, sobre quem você já deve ter ouvido falar. Ele é um grande herói no mundo árabe. Bom, cerca de 90% da população é muçulmana, e muita gente fala francês porque fomos colonizados pela França até conseguirmos nossa independência, em 1946. Nossa indústria não é muito desenvolvida. A principal fonte da economia é a exploração de petróleo e do gás. Por isso os outros países ficam de olho em nós. Estivemos na Guerra dos Seis Dias, contra Israel, em 1967, e agora os Estados Unidos nos acusam de ajudar grupos que eles dizem ser terroristas, como o palestino

Hamas e o libanês Hezbollah. A confusão é grande e procuramos nos defender como podemos. Nesta guerra de agora já morreram mais de 200 mil pessoas e teve uma eleição fajuta, que deu a vitória a al-Assad. Porém, os combates prometem continuar até a vitória final. Copiei para você a bandeira anterior ao regime de Bashar e que os rebeldes adotaram. Veja que bacana:

O garoto decidiu que era hora de se despedir. Seus dedos tremeram levemente sobre o teclado, mas ele criou coragem e digitou:

Beijos

do Karim.

7. Ao som de Villa-Lobos

O céu estava denso, carregado. Um vento frio batia no rosto e no cabelo de Samira, que estava em plena aula de ginástica na escola. A menina andava quieta ultimamente, desde que fora ao tão esperado *show* com os amigos no sábado. Nem sabia direito o que sentia, mas, claro, a decepção com Daniel havia sido grande. Ela imaginava algo tão diferente...

– Samira, onde você está? No planeta Vênus? Vamos, vamos, você precisa se aquecer senão como vai jogar depois? – gritou, do outro lado da quadra, a professora Kátia.

Samira fez um gesto de ok, mas não estava com a mínima vontade de jogar, muito menos de se aquecer... "Ai, que chatice, só gosto mesmo é de natação, detesto jogar", pensou enquanto se ajeitava no banco de reserva. "Ufa, espero que eu não entre neste jogo..."

Mas Samira teve que jogar e até que foi bem nos saques, o que ela não sabia direito era recepcionar as bolas. Do outro lado do time estava Daniel. "Como eu me enganei com esse tonto. Só sabe fazer gracinhas para todas as meninas."

Hoje o dia estava puxado; depois da aula de ginástica, seria a de História. Até que ela gostava do professor. Ou será que era da matéria? Às vezes, Samira pensava se um bom professor é que fazia a matéria ficar interessante ou se a matéria é que fazia o professor mais querido... Mas ela, no fundo, sabia que adorava humanas.

Sentada na segunda fila, relaxada depois da aula de ginástica, observava a movimentação dos colegas se acomodando nas mesas e cadeiras. O professor Edu chegou com tudo, ele era sempre assim. Empolgava-se com o que estava falando, às vezes, até ficava vermelho, envolvido com o que narrava. E, nesta aula, ele surgiu com uma cara de quem tinha tido uma daquelas ideias geniais para trabalhar com os alunos.

— E aí, é isso, eu trouxe muitos textos de vários jornais para que vocês escolham; são reportagens, editoriais, crônicas, que têm como temas fatos, conflitos, questões do Brasil e do mundo. A ideia é vocês escolherem uma e daí... Bom, daí, depois conto. A princípio, é escolher e ler.

— E entender, né, prof. ... — completou Cibele.

Todos foram se aproximando da mesa, uns com mais curiosidade, outros com aquela cara de quem não vê nenhum sentido nas aulas de História... E ler jornal, ai, que preguiça... Samira começou a olhar, bateu o olho numa pequena reportagem "Guerra Civil na Síria". Logo pensou no Karim. Fazia uma semana que ele havia mandado aquele e-mail tão grande e com tantas informações interessantes e ela nem havia respondido. Sentiu uma pontinha de culpa... "Puxa, ele me disse tantas coisas. Karim até parece muito animado com a vida, mesmo passando por um momento tão difícil, tão sério; eu aqui, só porque o Daniel foi tão besta no *show*, chegando ao ponto de tirar sarro de mim: 'Seu nariz chegou antes de você', ele disse, rindo muito. Que raiva, o pior é que fiquei sem resposta na hora. Ainda bem que tenho minha querida amiga Cibele para desabafar. E eu que pensei que ele iria, sei lá, tentar me beijar, dizer que estava a fim de mim. Nada, passou o *show* com os meninos e não deu a mínima." Samira estava no meio deste pensamento, com a reportagem na mão, quando Daniel esbarrou nela e disse: "Desculpa aí, Samira", e pegou qualquer texto em cima da mesa, com aquela postura de quem não quer nada, e não está nem aí, com as matérias de humanas. Ele sempre diz que essas matérias não estão com nada. Samira só olhou, o achou bobo. "Engraçado, ele não parecia ser assim antes. Ou eu não percebia", pensou. Foi para sua mesa e começou a ver a reportagem. Havia uma foto de um menino de uns 8 anos andando com uma sacola e uma mulher ao fundo também carregada. Ele estava com a cabeça baixa. E o cenário era só destruição: um poste caído, pedras por todos os lados, vigas quebradas ao meio. E a reportagem falava em dois milhões de refugiados sírios. "Dois milhões, é muita gente se deslocando, fora os números de mortos e presos." E continuou lendo: *massacre de 21 de agosto de 2013, que deixou 1.429 mortos, sendo 426 crianças...*

"Parece mentira", refletiu Samira.

O professor Edu ia passando pelas mesas, conversando com cada aluno, quando chegou para falar com Samira.

– O que você escolheu, Samira?

– O conflito na Síria – disse a menina, ainda com os olhos na foto.

– É um assunto e tanto... Essa matéria que selecionei é bem simples, um resumo mínimo. Por que você escolheu sobre a Síria?

Samira olhou para ele e num momento pensou em Karim, nas aulas da sua mãe, naquele dia da feira de livros, nas mulheres de lenços e roupas até os pés e em sua avó.

– Ah, professor, é que eu ando me correspondendo com um garoto sírio, que está refugiado no Líbano. E agora eu fico sempre atenta quando se fala dessa guerra ou do mundo árabe. E...

– Que bacana, Samira! E como você o conheceu?

– Ele é filho de uma colega da minha mãe, que também é professora. E a gente conversa em árabe porque minha mãe traduz.

– Que sorte! Qual é o nome dele? E você pergunta coisas da guerra?

– Karim. Ah, professor, por enquanto ele está me contando coisas sobre a religião, alguns costumes. Ele até me escreveu um e-mail grande me falando de alguns grupos, da guerra, do Bashar al-Assad. Mas, para ser sincera, estou ainda me familiarizando com o assunto. O conflito mesmo, não entendo direito. Aqui na reportagem, por exemplo, está dizendo que outros países tentam ajudar. E que... espera um pouco, professor, deixa eu ver, ah, aqui: *Barack Obama iniciou uma ofensiva para obter a aprovação do Congresso e atacar a Síria.* Mas atacar não vai gerar mais confusão, destruição e morte?

– Você escolheu um tema polêmico. Mas é isso aí. Vamos pensar nos filmes de ficção americanos. Há quase sempre uma agência de inteligência que está a serviço do bem, da defesa dos mais fracos, da busca pela justiça etc. Na vida real, muitas vezes, o tom é quase o mesmo. Por um pretexto, ou algo que justifique a ação, lá estão eles. Mas, claro, eles têm seus interesses econômicos, estratégicos e políticos. No caso da Síria, é possível pensar em vários aspectos. Algumas correntes procuram enfraquecer a estrutura militar do país, que tem como aliados o Irã e o grupo Hezbollah. Com isso, também pretendem demonstrar força diante da Rússia, cuja presença está cada vez maior no Oriente Médio. Mas há uma linha de pensamento defendendo que o governo de Bashar, apesar dos seus vícios e da estrutura ditatorial, consegue fazer frente a Israel e manter uma postura firme em pontos cruciais dos povos árabes como na questão Palestina. Como se vê, é tudo muito intrincado.... Vamos aprofundar melhor na próxima aula. Tenho apenas mais quinze minutos para falar com os outros alunos... Mas gostei da sua escolha.

Samira voltou a ler, lembrou-se de que Karim havia explicado para ela sobre o Hezbollah. Precisaria reler aquele e-mail. "Nossa, quanto mais eu tento entender um pouco do mundo árabe, mais novidades surgem."

O professor Edu, depois de conversar com todos, se posicionou lá na frente da classe e com um pouco de dificuldade conseguiu que o pessoal ficasse quieto.

– Então, agora que debatemos seus textos, e já conversamos um pouco, eu gostaria que, para a próxima aula, vocês pesquisassem sobre o assunto escolhido. E, daí, apresentassem para os colegas. Não é uma pesquisa gigantesca, é buscar algumas informações a mais. Ampliar o que foi lido. Ficou claro?

O "ficou claro" do professor se repetia na cabeça de Samira. "Claro ficou, mas que assunto que eu fui escolher... Sorte que eu tenho o Karim, qualquer coisa pergunto direto para ele. E o jeito de ele responder é tão bacana e tudo fica mais fácil de entender. Acho que vou caprichar no e-mail para ele, afinal, eu escrevo pouco, perto do que ele escreve", pensava assim, dentro do elevador, já chegando em casa. Miguelina estava lá com a mesa posta, esperando Samira.

– Oi, Mig!! – Samira adorava chamar Miguelina assim.

– Oi, está com fome?

– Morrendo! – E correu para lavar as mãos.

A tarde estava monótona, com aquela chuvinha que não parava. Abriu a janela, respirou fundo, olhou a paisagem, prédios, telhados das casas, árvores, passarinhos. A foto do jornal veio à sua cabeça. Sentiu um arrepio.

Sentou para responder o e-mail.

Karim... começou a escrever o nome dele no papel. Puxa, como será que ele é? Foi direto à internet e busca que busca, lá estava ele. "Bonito, sério. Nossa que olhos mais escuros e fortes!" Achou linda a escrita árabe, indecifrável para ela. E ele tinha poucas fotos, mas pelo menos deu para ver algumas imagens com amigos. Parecia alto. Samira clicou e lançou um pedido de amizade. "Como não tinham pensado nisso? Poderiam até trocar fotos." E com essa ideia foi até o computador e começou a escrever.

Dessa vez estava mais preocupada com o que dizer. Foi buscar os e-mails anteriores. E, animada, bateu a primeira tecla para quase não parar mais.

> Oi, Karim,
>
> Tudo bem? Desculpe a demora, mas tive uma semana cheia. Hoje por aqui nada de sol tropical... Uma chuvinha que não passa. Como foi sua visita a Balbek, no Vale do Bekaa? Fiquei muito curiosa. Também queria saber mais da sua visita ao Museu de Arqueologia de Beirute, o que tem lá? E a guerra que durou 15 anos? Quanto tempo! Vi uma foto hoje e...

"Ah, não, acho que eu não deveria falar da tal foto da guerra."

Apagou, recomeçou a teclar...

> Que coisa as *Bachianas* como fundo musical do documentário...

"Deixa eu ouvir as *Bachianas*." Assim que encontrou informações, viu que eram nove composições. Começou ouvindo o *Uirapuru,* que já havia escutado em casa. Foi clicando nas outras. Quando chegou na número 5, ficou até um pouco arrepiada. "Tão bonita!" – e deu um suspiro. "Mas qual das nove será que estava no documentário?"

> Fiquei aqui imaginando o filme com as *Bachianas* ao fundo. Mas não sei qual delas, porque são nove composições. Eu não entendo de música, mas Villa-Lobos compôs misturando nossa música primitiva, folclórica, com os elementos da música do compositor Bach. Pelo que li, ele é moderno mesmo, as *Bachianas* foram compostas num período das vanguardas modernistas... Não sei se a Síria passou por isso também. Houve movimento modernista no mundo árabe? Aqui tínhamos a influência das vanguardas europeias com muita força, principalmente da França, no início do século XX.

"Será que ele vai entender? Eu posso falar assim porque estou justamente estudando os modernistas nas aulas de artes, e a professora Sandra apresentou uma série de quadros e de poemas. E começou a explicar esse lance das vanguardas. Ah, se ele não entender, pergunta.

> Música que eu gosto são muuuuitaas. Vou te mandar. Ah, pedi para ser sua amiga na rede social. Te achei!!
>
> E, mudando de assunto, queria saber se você sai para festas, ou *shows* com seus amigos. Eu não fui ao *Rock in Rio*, uma pena, pois ainda tenho 12 anos. Só se fossem meus pais ou algum adulto. Essa parte é bem chata... Não sei como é aí. Mas aqui, se eu vou a uma festa, tenho horário para chegar. Quer dizer, ou meus pais me buscam ou os pais de algum colega. Outro dia, até que pude ficar até 1 h da manhã. Bem, acho que já te fiz muitas perguntas... Então, só queria saber mais umas coisas a respeito da guerra da Síria... Vou fazer um trabalho para minha aula de História e eu peguei uma notícia de jornal sobre o conflito. Nossa, como é difícil de entender. Mas na matéria dizia que alguns países, como os EUA, tentavam ajudar. Bem, já conversei um pouco com meu professor sobre isso, mas queria saber de você, como é esse lance? É bem visto por vocês? Os outros países, realmente, ajudam? Olha, concordo com você que a guerra é uma droga. Para dizer a verdade, eu acho que o único interesse do mundo deveria ser pela felicidade das pessoas, pela vida mais tranquila sem tanto conflito, mortes e sofrimentos. Sei lá. Acho que queria simplificar tudo. Mas não seria muito melhor, Karim?
>
> Beijos,
>
> Samira

"Será que estou sendo muito tonta em dizer isso? Ah, mas é verdade. Quanta complicação!"

– Samira, Samira – gritava Miguelina lá da sala. Telefone!!

– Já vou. – E Samira correu saltitando, daquele jeito dela.

– Daniel – disse Miguelina, distraidamente, passando o telefone para Samira.

Samira olhou para o telefone e sentiu um frio na barriga.

8. Como matar a liberdade

Fazia tempo que Karim não conseguia entrar na internet. A eletricidade estava naquele vaivém nos últimos dias, a conexão falhava e caía a cada momento. Era de deixar qualquer um louco. Claro que aquilo tinha o seu lado bom, que servia de desculpa para atrasar o trabalho da escola. Sem acesso à pesquisa *on-line*, nada feito. Ele se sentia feliz por esta folga inesperada das lições de casa, mas sua alegria não estava completa. Agora havia a imagem de Samira que ocupava boa parte dos seus pensamentos, mesmo sem ele querer. Por isso ficava dividido entre a sorte de adiar as tarefas escolares e a chatice de não conseguir ver se havia chegado algum e-mail dela. Saiu para a rua à procura dos vizinhos, com quem pretendia jogar bola, mas não encontrou nenhum. Desistiu e voltou para casa, sem saber o que fazer com o seu tédio. Era sábado, fazia frio lá fora por causa do inverno, que este ano estava ainda mais gelado.

– Nossa, que cara de desânimo! – disse sua mãe, assim que o viu entrar na sala. Por alguns segundos teve medo de que ele estivesse pensando no melhor amigo desaparecido. Toda vez que o filho lembrava de Sayed, entrava numa espécie de depressão. Por isso o sumiço dele era um tabu, sobre o qual ninguém queria falar. Achavam que se fingissem que Sayed não existiu, ele iria, aos poucos, desaparecendo da memória do filho e deles também. Afinal de contas, precisavam tocar a vida e de nada adiantava ficar remexendo o passado. Ela disfarçou o mal-estar, para que ele nada percebesse.

– Que foi, comeram a sua língua?

Ele nem ligou, e foi sentando na mesa sem a menor vontade de comer. A mãe percebeu o motivo, e logo abriu um sorriso.

– Ei, adivinhe? A internet está na maior velocidade! Seu pai trocou o *modem* e agora parece que ela quase não cai.

A mãe nem bem terminara a frase e Karim já tinha desaparecido para dentro do seu quarto. Sentou-se ao computador sem respirar e teve que controlar um grito de alegria quando viu o e-mail de Samira. Leu com atenção diversas vezes, porque estava tão ansioso que, na primeira, a custo ele entendeu o conteúdo. Então foi digerindo cada parágrafo e, ao final, foi a sua conta na rede social aceitar o pedido de amizade dela. Daí deitou na cama e colocou uma música bem alta. Sua cabeça dava voltas com aquele monte de perguntas da garota. Na verdade, nunca tinha parado para refletir sobre nada daquilo. Ia vivendo um dia atrás do outro, sem se preocupar muito em pensar sobre todos os acontecimentos, nem aquela coisa de aspectos culturais, costumes, religião. Agora, com todas as questões que ela colocava e também com as suas próprias curiosidades, experimentava uma sensação esquisita. Sentia-se inquieto e levemente perturbado. De fato, aquela brasileirinha tinha o dom de tirá-lo do sério...

Nesse meio-tempo, a mãe bateu na porta chamando para o almoço. Ele estava sem apetite, mas se levantou, desligou a música e caminhou para a cozinha minúscula, como o restante da casa. Serviu-se de um pedaço de carneiro assado, pegou um pouquinho de cuscuz, encheu a xícara com chá de hortelã e sentou-se diante da televisão.

– Karim, já disse que não é para ficar vendo programa enquanto comemos. Vai lavar as mãos e sente-se aqui com a gente. – O pai parecia zangado, mas depois de uns minutos perguntou numa voz mais branda.

– Fez suas orações?

O menino balançou a cabeça negativamente. A história de Samira teve o poder de fazê-lo esquecer a reza do meio-dia. O pai ia dar uma bronca, mas, em vez disso, deu um conselho.

– Alá é misericordioso e vai perdoar. De tarde você reza mais um pouco e peça perdão. Onde está o seu *Alcorão*?

Karim falou que tinha guardado na mochila. Aliás, talvez tivesse esquecido dentro do armário do colégio. Não costumava largar coisas para trás, aquilo foi bem esquisito.

Sentiu um calafrio ao pensar que seu livro sagrado podia sumir. Teria que esperar até domingo para chegar na escola e pegar de volta o exemplar presenteado pelo avô. Era um livro não muito grande, de capa marrom meio gasta, porque tinha pertencido ao seu bisavô. Nas páginas bem fininhas, quase transparentes, ele ia dizendo em voz alta um dos versículos, os *ayat*, muitos dos quais sabia de cor. Eles formavam 114 capítulos, chamados *surat*, que seu avô escolhia ao acaso para lerem juntos. "Em verdade, este *Alcorão* encaminha à senda mais reta e anuncia aos fiéis benfeitores que obterão uma grande recompensa" – ele recitou em silêncio, quase sentindo o perfume do avô tão querido.

– Que foi, menino, está com a cabeça nas nuvens? – perguntou o pai, vendo que o filho nem tocava a comida, os olhos fixos em algum ponto perdido do horizonte.

– Nada... – Karim falou baixinho, quase num sussurro, enquanto ia relembrando as várias perguntas de Samira. Algumas delas eram bem difíceis de responder sem a ajuda de alguém. Por isso resolveu aproveitar a ocasião para se inteirar de alguns assuntos, de modo que pudesse dar as informações para a menina dos Trópicos.

– Pai, a minha amiga brasileira fica perguntando um monte de coisa sobre a guerra na Síria. Ela disse que os Estados Unidos e outros países estão tentando ajudar...

Muito agitado, o pai nem deixou o filho terminar a frase e foi logo cortando.

– Será que os Estados Unidos querem ajudar mesmo? Parece que querem é explorar e manter seu poder. Colaboraram com um ditador como Bashar al-Assad por tantos anos!

– Claro. Veja só – complementou a mãe, igualmente alterada. Aquele assunto deixava todos ultranervosos. – O Bush, ex-presidente dos Estados Unidos, era íntimo da família do Bin Laden. Parece que até se visitavam no rancho lá no Texas, pois tinham negócios comuns no ramo do petróleo. Deu armas para eles lutarem contra os russos no Afeganistão. Treinaram os homens do Bin Laden. Fizeram o mesmo com o Saddam Hussein, no Iraque. Eram parceiros dos bons. Depois, quando esta "amizade" não interessou mais, por diversos motivos, eles invadiram o Iraque para derrubar Saddam Hussein! – Ela respirou fundo. – Agora que desestabilizaram e arrasaram tudo, foram embora, deixando os grupos rivais trucidando uns aos outros.

Neste ponto, ela recordou a questão das armas nucleares. Inventaram que Saddam tinha um arsenal imenso, mesmo depois que a Comissão Internacional afirmou com todas as letras que não havia absolutamente nada. Destruíram o país inteiro, mataram milhares de civis e depois dividiram entre as construtoras norte-americanas o filé *mignon* para refazer as estradas, a infraestrutura e todo o restante...

– E, tudo isso, em nome do que eles dizem ser "democracia" e "direitos humanos" – completou o pai. – Na verdade, estamos carecas de saber que todo mundo está de olho no petróleo do Oriente Médio...

– Calma, Hasan – disse a mãe. – Assim a pobre da garota vai ficar assustada. O Karim precisa explicar tudo muito bem, senão ela vai pensar que apoiamos os terroristas contra os Estados Unidos e não é nada disso!

– Claro que não! – bufou o pai, cruzando os talheres no prato. – O *Corão* ensina a tolerância e a convivência pacífica. Daí aparece um bando de loucos como o Estado Islâmico, cometendo aquelas barbaridades, e põe tudo a perder!

A mãe limpou os lábios com o guardanapo e deu um longo gole na xícara de chá preto, que ela preferia ao de hortelã, e encarou o filho.

– Você precisa deixar isso bem claro para a sua amiga. Somos totalmente contra esses bandos de fanáticos que saem fazendo justiça com as próprias mãos em nome do Profeta – ela acrescentou, sem precisar dizer que se referia ao atentado ao jornal satírico francês *Charles Hebdo*. Karim lembrava como sua família ficou chocada quando, em 7 de janeiro de 2015, dois homens invadiram a sede do semanário, em Paris, e, armados com fuzis Kalashikov, executaram os cartunistas ali reunidos que discutiam a pauta do próximo número. Ao todo, 12 pessoas foram mortas e cinco gravemente feridas. Mais tarde soube-se que os autores do ataque eram os irmãos Said e Cherif Kouachi, ligados à Al-Qaeda, e que supostamente se vingavam da capa de uma edição de 2011, em que aparecia uma charge do profeta Maomé. Após o massacre, como forma de mostrar a solidariedade internacional e reiterar o princípio da liberdade de expressão, a frase com os dizeres "Je suis Charlie" rodou o mundo.

– Claro que às vezes algumas pessoas exageram e desrespeitam feio a nossa religião, ofendem o Profeta – queixou-se ele. – Mas daí a sair cometendo crimes deste tipo para marcar posição são outros quinhentos. Isso só contribui para piorar ainda mais o preconceito contra os muçulmanos ao redor do planeta – reiterou o pai, muito chateado com a islamofobia que crescia a olhos vistos.

A mãe levantou-se, buscou o café feito ao modo turco, com o pó em suspensão, e serviu o marido, junto com a sobremesa. Os doces tinham o dom de acalmá-lo. Assim poderiam prosseguir a conversa sobre a guerra sem maiores alterações.

– O negócio – a mãe retomou o assunto – é que no momento existem vários grupos lutando entre si dentro da Síria. Tem os apoiadores de Bashar, que por sua vez recebem respaldo dos iranianos, que financiam o Hezbollah. E há os que querem derrubar o presidente, mas, mesmo entre essas pessoas, existem várias correntes.

Ela esperou para ver se o filho seguia seu raciocínio e prosseguiu.

– Os rebeldes que nós apoiamos e ao lado dos quais seus tios combatem querem uma república democrática e laica, quer dizer, um Estado que não seja comandado pela religião. Queremos um país livre, com os mesmos direitos para homens e mulheres. Mas um dos outros grupos poderosos, ligado à Al-Qaeda, também quer varrer Bashar do mapa. Só que ele luta pela instituição de um regime fundamentalista, com restrições às liberdades de cada um, e colocando a mulher num plano inferior ao do homem. Isso sem mencionar o já falado Estado Islâmico, que precisava ser mais entendido nos seus objetivos e estratégias para ser melhor combatido e, *Insh'Allah*, derrotado.

Com essas palavras, ela se calou, e ficou perdida em seus próprios pensamentos. Embora tivesse sido criada em uma família muçulmana, desde pequena aprendeu que as pessoas nascem iguais e devem ser respeitadas. Os homossexuais, por exemplo, têm seus direitos, algo muito difícil de ser entendido pelo restante da sociedade. Os pais de Karim explicaram que o Exército Livre da Síria, que era o braço armado da Coalizão Nacional Síria, o maior grupo de oposição do país, vinha perdendo força e influência.

Nesse meio-tempo, o temido Estado Islâmico devastava os sítios arqueológicos por onde passava. Depois de capturar Palmyra, oásis famoso por suas lindas ruínas greco-romanas em pleno deserto, estava de olho em Homs, uma enorme tentação para o grupo, nos seus planos de conectar os fronts sírio e iraquiano numa entidade única.

Naquele instante, a família inteira recordou outro dos episódios tristes que iam se acumulando aos montões, como a areia do deserto em dias de ventania. Em Aleppo havia uma árvore muito antiga, que diziam ter mais de 150 anos. Os casais de namorados costumavam desenhar corações entrelaçados no tronco, e as crianças brincavam à sua sombra nos dias mais quentes do verão. Era uma referência, era amada como um parente querido e cheio de sabedoria. Certa manhã, os moradores acordaram e descobriram que ela fora simplesmente derrubada por ordem da Al-Qaeda! Achavam que os símbolos nela gravados eram indecentes e contrariavam as leis islâmicas. E assim, sem o menor respeito pelos habitantes do lugar, eles cortaram fora o carvalho milenar. Esta era mais uma das histórias colecionadas pelos sírios de Aleppo. Nada disso, no entanto, transpareceu. A mãe dele não queria estragar um dos únicos momentos em que a família se reunia.

Terminada a refeição, Karim retornou ao computador disposto a passar para Samira todas aquelas informações. Releu o e-mail e empacou na história do modernismo. Que droga era aquela? Nunca tinha ouvido falar deste movimento artístico dentro da Síria, mas iria perguntar à sua mãe. Conhecia o artesanato tradicional, que já durava gerações, como o trabalho em metal. Em Damasco e Aleppo, ele viu na rua os teares de madeira dos quais saíam lindos tecidos de seda. Seu avô o tinha apresentado aos sopradores de vidro, que depois punham suas peças para secar em fornos de cerâmica parecidos com os dos seus antepassados, que inventaram como colorir o vidro 3.000 anos atrás. Será que era isso que ela considerava arte?

Karim parou de escrever, remexendo a memória. A guerra tinha atrapalhado tanto a produção artesanal quanto as exposições e o Festival de Música de Câmara de Palmyra. Ali ele viu certa vez uma apresentação de Malek Jandali, que nunca esqueceu. O pianista compôs no início da revolução a música "Watani Ana" (Minha Terra Natal) como sua contribuição pessoal para que seu país consiga liberdade e justiça. Karim ainda chegara a ser apresentado para um conhecido dos seus pais, chamado Orwa, que organizava uma mostra de documentários DOC Box, com filmes do mundo todo. Mas desde que os combates se tornaram mais fortes, a mostra foi suspensa, e o cineasta acabou passando uns meses na cadeia. Só saiu porque era conhecido no exterior e fizeram uma baita campanha internacional para que fosse solto. Também desapareceram do mapa as mostras nos museus e galerias de arte, que expunham os pintores locais, como Fateh Mudarress, Turki Mahmud Beyk, Naim Ismail ou Maysoun al-Jazairi. Nomes que, para ela, deveriam soar bem estranhos!

Karim ouviu seus pais dizerem que sem liberdade ninguém pode escrever. Por isso, a repressão política do governo de Bashar manteve a produção literária quase morta. Ele não entendia tanto do assunto, mas adorava a história de Layla e Qays, também conhecido por Majnun. Seu avô a comparava ao drama de Romeu e Julieta, pois falava de um amor entre dois jovens, impedidos de ficarem juntos pelos pais da moça. Enlouquecido de desgosto, Qays passa a vagar pelo deserto e começa a ser chamado de Majnun, que quer dizer "possuído pela loucura".

    Neste ponto o garoto achou que precisava terminar o e-mail. Ele estava ficando cansado de tanto raciocinar. Como era difícil contar aquelas coisas todas que pareciam tão simples! Assim, ele resolveu despedir-se com mais beijos, dos quais estava ficando fã.

9. Poesia, mar e deserto

"Sorte que a Cibele pôde vir", pensou Samira enquanto tomava sol ao lado dela.

No fim de semana, Samira e sua família foram à casa de praia de uns colegas dos seus pais, em Guaecá. Sozinha com eles, seria muito chato. Com a amiga, as duas ficavam horas batendo papo, nadando no mar, rindo. Encontraram gente da idade delas para jogar vôlei e conversar à noite.

– Sam, você ainda não contou como foi.

– Ci, você imagina a cara que eu fiquei quando a Miguelina disse que era o Daniel. Daí, eu falei, alô, um alô tranquilo. Claro que, querendo disfarçar, o meu coração batendo a mil, porque sou uma boba mesmo. Depois que eu percebi que ele não gosta de mim e ainda por cima tira sarro, era para eu estar com o coração acelerado?

– Tá, Sam, mas o que ele disse?

– Que raiva, ele disse que não tinha entendido bem o que o professor Edu pediu para fazer. Eu expliquei. E sabe o que ele respondeu??? "Tá, valeu. Então, tchau."

– Não acredito! – disse a amiga.

– Quer saber, acho que é como a Cris falou, ele está passando por um momento difícil, os pais estão se separando. Só pode ser, porque de repente ficou tão estranho. Até na matemática, que ele era o máximo, tirou 4 na última prova e eu, 7.

– Mas, Samira, por isso ele precisa ficar tão sem noção? – Cibele deu uma risadinha e continuou. – Meus pais se separaram quando eu tinha 5 anos. Não lembro bem, só sei que chorava muito porque sentia falta do meu pai.

– Você me disse. Fácil não é. Talvez ele esteja sofrendo. Eu até tentei falar com ele, depois do telefonema, na semana passada, no dia que você faltou. Mas ele não se abre. Fica só de brincadeirinha. Quer saber, cansei. E o telefonema foi demais, fiquei com frio na barriga, toda cheia de esperança e depois de tudo que expliquei, ele solta um "valeu e tchau". Que raiva! E, pensando bem, me chamou de nariguda naquele dia. Ah, é um bobo, mesmo.

– Parece que ele está com raiva da mãe dele. Minha mãe soube porque conversou com ela outro dia na saída do colégio. Você sabia que elas estudaram juntas, né?

– Não. Mas por que com raiva da mãe?

– Sei lá, porque ele acha que a culpa é da mãe, que ela é que quis se separar do pai.

– Deve ser duro... se meus pais quisessem se separar, eu nem sei o que eu sentiria. Acho que ficaria triste. Ai, sei lá, quando eu era pequena e via os dois brigando, eu não queria que eles se separassem de jeito nenhum, mesmo ficando triste com o clima horrível da briga. Faz tempo que eles não discutem feio, pelo menos eu não vejo, nem ouço.

– Sorte sua, Sam.

A mãe de Samira veio chamar as duas, dizendo que o almoço estava na mesa. Nesta praia era tudo muito tranquilo, poucas casas que davam para a praia. As garotas, mortas de fome, não pensaram duas vezes. Hum... ainda com uma aguinha de coco que o pai de Samira havia comprado no dia anterior.

À tarde refrescou, um vento com cheirinho de chuva veio entrando na casa. Cada uma estava se balançando numa rede e lendo gibi. Uma hora, Samira deu um suspiro, levantou-se e foi sentar-se à mesa onde estava o *laptop* da mãe.

– Vem aqui ver uma coisa, Cibele.

– Ah, daqui a pouco, deixa eu terminar uma história.

Samira foi abrindo sua página e ficou distraída olhando para uma imagem. E depois começou a escrever. Cibele terminou o gibi e foi beber água.

– Nossa, que sede que dá na praia, olha como fiquei queimada...

– É mesmo. Eu também, mas a gente passou protetor. É que o sol está muito forte.

– O que você queria me mostrar?

– Olha! – E foi abrindo a página. – Essa foto.

– Nossa, de onde é?

– Do Líbano, Beirute, da janela do Karim.

– Que diferente. Mas por que ele mandou? E o que está escrito?

– Depois pergunto para minha mãe o que significa, coloquei num tradutor da internet, mas não rola. Pena que minha mãe tem que ficar no meio para traduzir nossos papos, isso é chato. Ele mandou essa foto e eu, esta aqui, olha. Da minha janela lá de casa. Fiquei curiosa para saber como era a vista da janela dele. Outro dia, dei buscas de imagens de Beirute pela internet, parece um lugar lindo.

– Deixa eu ver a foto dele.

Samira abriu o perfil do Karim.

– Ele é bonito, né?

– Eu acho bem bonito, mas é sério demais. No último e-mail dele, que ainda não respondi, ele falou tanta coisa importante, que vou precisar reler. Bem que ele e eu poderíamos saber escrever em inglês ou francês, assim nossa conversa não teria mais minha mãe no meio.

– Mas o que ele diz da guerra?

— Ele é refugiado sírio, está vivendo com a família em Beirute. Parece que não é nada fácil ser refugiado em outro país. Aliás, aqui mesmo no Brasil tem muitos refugiados, assisti a uma reportagem, quer dizer, minha mãe me chamou para assistir, assim eu poderia entender mais a situação do Karim. Vi os haitianos, os bolivianos e também os sírios, que vivem numa mesquita no Brás. Quando entrevistaram um menino de 13 anos, logo pensei no Karim. Mas sabe que não sei exatamente como é que ele vive em Beirute? Parece que ele mora num apartamento muito pequeno. Não como os sírios que chegaram no Brasil, também escapando dessa guerra e das perseguições, que vivem sem documento e sem trabalho. Um homem que a repórter entrevistou contou que era médico na Síria, e aqui está sem nenhuma ocupação. E minha irmã, que mora no Uruguai, disse que o então presidente, Mujica, permitiu a entrada de 300 crianças órfãs no país.

— Nossa, Samira, é um pesadelo.

— Pelo que o Karim conta, os pais dele também perderam o emprego que tinham lá em Aleppo, e, sei lá, ele não reclama muito. Acho que é bem duro, mas não sei exatamente como é. Ele não fala do que sente. Eu também perguntei mais sobre as religiões, o jeito de vestir das mulheres, o dia a dia dele. Também perguntei do conflito, e até me informei mais fazendo aquele trabalho do prof. Edu. E surgiram dúvidas. E ele me respondeu, deu para sacar umas coisas...

— Mas ele parece triste? Sei lá, falou de alguém que já morreu, da família ou amigos? Não posso imaginar como seria isso. Já pensou, a gente não ver mais a Cris, os professores? Ter nossas casas destruídas. Triste!

— Olha, ele não escreve muito sobre isso. Acho que a família dele não teve uma grande tragédia. Até que ele é animado, me contou de uns passeios que fez num museu de arqueologia, de uma viagem com os pais. Agora, no último e-mail, me falou da arte deles, do cinema, da música.

— Então, não é daquele jeito que eu fico imaginando. Quando você fala a palavra refugiado, imagino um monte de gente numa estrada, ou vivendo num galpão, as crianças trabalhando, não podendo estudar.

— Pelo que vi dos refugiados daqui, nem em galpão eles moram... Estão morando numa mesquita. Agora, parece que o Karim só estuda. Mas acho que não é assim que a maioria vive. Ele diz que muita coisa mudou, que a grana está curta, que os pais precisam trabalhar demais, parece uma vida sacrificada. Os pais eram professores de universidade como os meus. Será que são chatos também? Hahahaha!! Daí sim, ele deve sofrer como eu...

— Ah, vai, Samira, você reclama de barriga cheia. Minha mãe é super cri-cri. E meu pai, então! O pior é quando saio com ele e a nova namorada. Aliás, sempre assim, novas namoradas...

— Você fica com ciúme?

– Ah, nem fico mais. Acho muito chato, queria que ele arrumasse alguém para valer. Antes eu era louca por um irmãozinho. Agora, sei lá. Só se minha mãe casar de novo. O namorado dela é bacana e eles estão juntos faz tempo.

– Já pensou que legal um bebezinho? Eu quis ter um irmãozinho menor e...

– Cibele, Samira! – uma voz de menino interrompeu a conversa das garotas.

– Ih, é o Ricardo – disse Samira, espiando pela janela.

As duas saíram.

– Vocês não querem entrar no mar?

– Mas tá muito escuro.

– Aí que é legal.

Uma olhou para a outra e acharam que seria divertido.

– Vem logo, minha irmã já está no mar e disse que tem até aquele, sei lá como chama, plâncton que brilha.

– Plâncton que brilha? – disse Cibele, achando a maior lorota.

Mais que depressa, as duas puseram uma camiseta, calçaram seus chinelos e foram. Samira avisou a mãe, que só disse o de sempre:

– Tomem cuidado e não vão para o fundo do mar. Não demorem, senão vou atrás de vocês.

– Tá, tá, mãe... – resmungou. – É só o que falta: a gente passar pelo mico de a minha mãe vir atrás... Eu já passei vários.

Para a surpresa das duas, a turma toda do vôlei da praia estava na água, na maior diversão. Elas quase não entendiam o que acontecia. Mas o mar brilhava de verdade. E quem entrou de camiseta branca ficava parecendo de outro planeta, verde brilhante. As duas não tiveram dúvida e foram.

Adéle, percebendo a demora das meninas, foi dar uma espiada, tentou ficar de longe para não fazer a filha pagar o tal mico! Permaneceu ali, meio hipnotizada com a cena... "Que lindo. E não é que existiam mesmo os tais plânctons fluorescentes?", pensou.

Para as duas garotas, foi quase um sonho. Mal conseguiam dormir, mesmo depois do banho. Ali no quarto as duas riam, principalmente porque, no teto, o filho do casal amigo dos pais tinha colocado milhões de estrelinhas fluorescentes.

– Será que vamos sonhar assim hoje, Sam? – falou Cibele.

– Acho que sim, Ci.

Depois disso, parece que o sono chegou repentino e ninguém mais poderia resistir. Um pouquinho antes de adormecer, Samira pensou em Karim, na sua janela, naquela paisagem...

E se o sábado foi maravilhoso, no domingo as duas não saíram da praia e tiraram mil fotos, fizeram poses de todas as maneiras.

– Vem, agora mais uma, essa é para o Karim. Mar, montanha e nós. Vou falar de você. E que você achou ele lindo...

– Ah, não! Você é que não para de falar nesse Karim...

Uma correu atrás da outra, e a brincadeira só acabou porque o pai da Samira veio até a praia chamá-las para se aprontarem, pois logo pegariam a estrada.

A viagem não foi das piores, não tinha um super trânsito. Levaram Cibele para casa e Samira seguiu com os pais para a casa dos avós. "Nossa, faz séculos que não vejo o vovô", pensou Samira.

A avó Najla fez aquele lanche e o vô Elias, que vivia metido nos livros dele, num quarto que era escritório, nada de aparecer na mesa.

– Samira, vai chamar seu avô – disse a avó, bem impaciente. – Sempre assim, chamo e ele não aparece...

E lá foi a garota pelo corredor. Abriu a porta de mansinho, nem bateu. O avô estava lendo um livro. Concentrado na poltrona, não percebeu a neta entrando. Samira observava as mãos do avô e conseguiu ler o título:

Os poemas suspensos. "Poemas suspensos???" Pensou: "Ué, o vovô só lê aqueles livros de advogado".

– Vô.

– Oi, Samira.

– Todo mundo está te esperando. A vovó já está brava.

– Ah, sua avó. Estou aqui tão concentrado.

– Que livro é esse?

– Um livro de poemas árabes, traduzidos para o português.

– Poemas árabes?

– É, de um tempo muito antigo! São textos dos beduínos.

– Beduínos?

– Eram habitantes nômades dos desertos. Muitos desses poemas chegaram até nós por conta da memória dos recitadores.

– Nossa, vô. E são grandes?

– Não muito. Mas os poetas inventavam seus textos e outros seguiam recitando esses versos por 100, 200 e até 300 anos.

– Nossa, 300 anos!! Deve ser algo que nem tem mais nada a ver com os dias de hoje, se são tão antigos.

– Não é bem assim, Samira... e olha que são anteriores ao Islamismo. Bem, mas não importa tanto as datas, vamos para a sala?

– Lê um verso, vô.

O avô se surpreendeu com o pedido, nunca pensou que Samira pudesse se interessar. Ao mesmo tempo lembrou que alguns eram até impróprios para ela, ainda tão menina.

– Bem, deixa eu ver. Ah, aqui, é só um verso, de um longo poema que narra a aventura de um beduíno apaixonado. Ele está descrevendo uma mulher: "A cabeleira enfeita as costas, negra e espessa como penca de tâmaras de uma palmeira carregada".

Samira achou graça, e lembrou da árvore de tâmara da tia da vovó, a Jamila.

– Hum, interessante, vô. – Ficou pensando na imagem e sorriu.

– Vamos, vamos, Samira, que nem quero ver, sua avó deve estar uma onça.

Depois de um final de semana tão bom, segunda-feira foi muito difícil levantar e ir para a escola. Samira e Cibele estavam mais bronzeadas e com muita história para contar. Na aula do professor Edu, Samira veio com as informações do Karim e, depois de ter lido sobre sunitas, alauítas e xiitas e os nomes de alguns grupos rebeldes, o professor teve que dar uma ajuda, pois todo mundo estava de cabelo em pé, com tantas informações.

– Então, sei que é difícil entender esse conflito porque há muitas forças diversas e divergentes envolvidas – começou a falar o professor. – Vou apresentar nos *slides* um esquema que fiz para que vocês entendam. Foi um jeito que eu encontrei para que pudéssemos compreender e visualizar as partes envolvidas na guerra civil, tanto do lado do governo quanto da oposição:

- A **Primavera Árabe** no **Egito**, em **2011**, inspirou os sírios a irem às ruas protestar contra o governo de **Bashar al-Assad**, pois estavam descontentes com a estagnação vivida e queriam uma reforma democrática. A resposta aos protestos utilizou medidas extremas, como sequestros e mortes. As tropas do governo abriam fogo contra civis, os quais, por sua vez, reagiam também com armas.

- As **Forças rebeldes**, formadas por civis armados, surgiram para **combater** a **violência** do governo. Dessa maneira, a tensão cresceu e criou o estado de guerra que se estende até hoje.

– Professor, mas o próprio governo atacou os civis? – perguntou Cris.

— Exato, e, pensem bem, o governo de Bashar al-Assad conta com o **exército**, que possui milhares de homens, as **milícias**, chamadas de Shabija, e o grupo **Hezbollah**, apoiado pelo Irã.

— Daí, fica quase impossível lutar, professor — argumentou Samira.

— Mas o povo resiste, Samira — disse o professor num suspiro, olhando para ela. E voltando para a classe, emendou: — Há oposição ao governo; vejam nesse próximo item os grupos que o enfrentam:

- a **Coalizão Nacional Síria**; o **Exército Livre Sírio**, formado por oficiais do exército que desertaram e desejam uma Síria democrática e laica; grupos armados, os rebeldes, que se dividiram em muitas organizações, algumas delas adversárias. Entre os grupos armados estão: **Frente Síria Islâmica de Libertação**, que são os islâmicos moderados; **Movimento islâmico Ahrar-al-Sham**, composto de várias facções islâmicas, considerado uma forte atuação humanitária; **Frente al-Nusra**, que é um braço do Al-Quaeda, grande e eficaz força de combate, definida pelos EUA como terrorista; **Fatha al-Islam**, que é grupo fundamentalista sunita.

O sinal tocou e o professor ficou de passar mais informações na outra aula.

— Professor — disse Cibele, fechando o caderno —, ainda bem que essa guerra não é matéria para a prova.

— É, Cibele, ainda bem que a gente não está vivendo na pele essa guerra, isso sim! — comentou Samira.

Samira voltou para casa de carona com a mãe da Cris e, enquanto o carro rodava, pensava na pesquisa da sua colega Cris, que contou para a classe: "Cinquenta mil pessoas morreram assassinadas, em 2012, no Brasil. Mas como pode? Se na guerra da Síria, o último número que vi e passei para a classe foram mais de 200 mil desde 2011. Então, o Brasil está em guerra e ninguém sabe?".

Samira logo pensou em contar para o Karim. Estava com muita vontade de escrever para ele e foi o que fez, logo depois do delicioso almoço da Miguelina.

> Oi, Karim,
>
> Tudo bem?
>
> Hoje, na aula de História (que te contei), meu professor fez um esquema para ver se a gente entendia como tudo começou aí na Síria. Também passei para ele o anexo que você enviou, no último e-mail, sobre as diferenças entre sunita, xiita e alauíta e que minha mãe traduziu. O professor gostou e mostrou para a classe o seu original escrito em árabe.

> Todos ficaram interessados no assunto e quiseram ver a escrita. Na próxima aula, o professor Edu disse que vai fazer um esquema a partir do seu e-mail. Mas sabe que uma amiga minha, Cris, pesquisou sobre a violência aqui no Brasil e fiquei impressionada com o número. Imagine, Karim, que morreram 50 mil pessoas assassinadas em 2012!! Parece até que temos uma guerra também. Sei lá, às vezes, tenho vontade de ser alienada.

"Alienada? Que palavra, eu nunca tinha escrito, e alienada parece com alienígena. Será que tem a ver?" E foi consultar o dicionário. Samira gostava das palavras, desde criança brincava com seu pai e sua irmã de abrir o dicionário e se divertir com as palavras mais estranhas que apareciam. "Ah, acho que tem uma relação sim!" E sorriu, continuando a escrever.

> Karim, meus colegas queriam saber muitas coisas sobre você e seu país. Sobre como você se sente e se já perdeu alguém da sua família na guerra.

Hum, será que escrevo isso? Ai, nem sei!

Samira foi até a janela, olhou o movimento da rua, observou a árvore linda cheia de periquitos. E descobriu que, talvez, ela é que gostaria de saber mais coisas do Karim... E quem sabe poder contar algumas coisas dela também. Mas com a mãe no meio não dava mais. "Poxa", pensou. Se pelo menos a gente falasse inglês..." – voltando ao computador, teve uma ideia e seguiu teclando.

Ontem, meu avô, Elias, me contou sobre os beduínos árabes. Ele estava lendo um livro de poesia dos beduínos. E leu um trecho para mim. Disse que era de um tempo muito antigo, antes do Islamismo. Você sabe quem são esses poetas? No próximo encontro com meu avô vou perguntar mais sobre o livro. Aliás, você gosta de poesia? Eu gosto muito. Adoro a aula de Português, em que a professora sempre aparece com texto novo. O que mais gosto é Português e História. E você?

Bem, mandei ontem umas fotos da praia onde estive no fim de semana. E aconteceu uma coisa muito legal, parece mentira, mas eu vi. À noite, o mar pode ter plânctons que brilham e a gente, Cibele (que está na foto) e eu, entrou na água e ficou brilhando...rs rs. E não é invenção!!!

"Bem, acho que é isso. Ah, será que eu escrevo minha ideia? Acho que ele pode gostar", refletiu Samira por um momento.

Karim, sabe que tive uma ideia? Vou escrever uma carta para você em inglês.

Você me passa seu endereço?

"Acho que é isso, não vai dar para eu dizer que é porque não quero que minha mãe veja todos nossos e-mails, porque, claro, ao traduzir, ela vai ler."

Beijos,

Samira

– Samirinha, fecha a janela do quarto, está vindo um toró!! E não fique em frente ao computador – avisou Miguelina.

Samira sentiu o vento que já balançava as cortinas.

"Hum, adoro chuva." Ainda mais agora, com essa seca em São Paulo. Além de gostar, eu fico até aliviada quando as nuvens ficam bem escuras...

10. Papel e tinta

Quando leu o parágrafo em que Samira dizia ter resolvido mandar uma carta de verdade e, para tanto, pedia o seu endereço, Karim tremeu por três razões. E nem sabia qual era a pior. Para começar, no campo ninguém tinha um endereço próprio. A correspondência chegava no escritório central, onde as pessoas passavam de vez em quando para saber se havia carta de parente ou aviso de aceitação de algum país para o qual tinham enviado pedido de asilo político. Era muito bagunçado e até os pacotes grandes costumavam extraviar-se com bastante frequência. Além disso, uma carta mandada para lá faria todo mundo saber que ele se correspondia com o Brasil. Em dois minutos o acampamento inteiro ia descobrir a respeito da sua amizade com uma menina no outro lado do Atlântico e as fofocas acabariam com a sua vida. Ao mesmo tempo, contrariava o pedido dela, quer dizer, Samira mandava uma carta justamente para que tivessem alguma privacidade e pudessem conversar alguma coisa sem passar pelas mãos das respectivas mães, que sempre metem o bedelho e ficam sabendo de tudo o que a gente conversava, uma coisa bem chata.

Depois, ele pensou que, mesmo se arrumasse uma alternativa, precisaria de alguém para ajudá-lo a decifrar o conteúdo, porque não confiava inteiramente no seu inglês, o idioma no qual ela disse que iria escrever. Fizera um teste com o tradutor da internet, mas não era inteiramente confiável. As frases ficavam truncadas e mesmo engraçadas, perdendo-se parte do conteúdo. A quem recorrer ali, no campo? Com exceção dos seus pais, que não contavam, não sabia de cabeça se alguém na vizinhança era fluente naquela língua. E, mesmo se fosse, claro que ele não iria pedir ajuda, pois de novo colocaria tudo a perder. E, finalmente, Karim perguntava-se se tinha também que responder com outra carta, para não parecer mal-educado. Nesse caso, e sem falar na dificuldade de achar um correio funcionando, como ele faria para redigir em inglês, já que mal conseguia ler, e assim mesmo usando a ajuda meio capenga de um tradutor *on-line*?

O menino abaixou a música que ouvia nas alturas para abafar os ruídos que vinham de fora e sentou-se diante da TV desligada. Dava qualquer tesouro por um pouco de silêncio para poder raciocinar. Concentrou-se, atrás de uma solução. Foi então que se lembrou do filho de um amigo libanês dos seus pais, um sujeito rico que os havia ajudado assim que chegaram. Ele ia conseguir um bom emprego para o seu pai, mas depois se desentenderam por questões políticas e nunca mais se falaram. Ibrahim defendia Bashar com unhas e dentes, e acusava os rebeldes de estarem fazendo o jogo dos Estados Unidos e das "potências imperialistas". Seu pai perdeu a cabeça e quase saíram aos bofetões. Após este dia romperam definitivamente e eles tiveram que se virar sem o auxílio de nenhum local, o que tornava tudo muito mais complicado. Já numa situação normal, para obter uma posição numa empresa, abrir um negócio ou tentar qualquer coisa, precisava conhecer alguém influente que intercedia por você, falava com as pessoas certas no lugar certo, descobria o caminho das pedras e abria portas. Sem isso, nada feito. Se antes era assim, tudo por meio de conexões, *lobbies*, dando-se um jeitinho aqui e ali, mexendo os pauzinhos, imagine agora, com este verdadeiro mar de refugiados desempregados e loucos para arrumar qualquer tipo de trabalho!

Karim sabia que, mesmo depois do desentendimento, sua mãe ainda falava com a esposa de Ibrahim pelo celular e de vez em quando se encontravam. Foi ela, aliás, que conseguiu uma vaga para ele em uma das melhores escolas muçulmanas de Beirute, reservada aos meninos libaneses de famílias ricas, e onde o ensino era de excelente qualidade. Graças a ela, Karim tornou-se um dos poucos estudantes sírios a frequentar aquele lugar sofisticado. Para ele, era um alívio sair do ambiente sufocante do campo de refugiados, mesmo que sofresse um pouco de preconceito entre os colegas. Só não era pior porque o filho de Ibrahim ficou meio amigo dele e o defendeu nos primeiros dias, fazendo com que os outros meninos não ficassem tirando sarro dele o tempo todo. Contribuiu também o fato de ele ser um bom aluno, porque seu colégio em Aleppo era bastante puxado. Por isso ele não teve muita dificuldade em seguir o ritmo e até mesmo em sobressair-se na classe.

Karim sabia como teve sorte de contar com um morador de Beirute para ajudá-lo a melhor adaptar-se, pois caso contrário teria que abandonar a escola como outros filhos de refugiados foram obrigados a fazer, por não suportar a pressão. Não era exatamente íntimo de Omar, mas sabia que podia contar com ele. E o que era melhor: o garoto falava inglês perfeito porque morou na Inglaterra, para onde seu pai, diplomata, tinha sido transferido por alguns anos. Assim o problema estava resolvido. Daria o endereço de Omar para Samira e, depois, ele poderia traduzir a carta quando chegasse, guardando absoluto segredo, obviamente. Pronto, solução encontrada! Karim relaxou, esticou-se no sofá coberto com uma manta para esconder o tecido gasto e colocou as ideias em ordem. Daí levantou, pegou umas liras libanesas no fundo da gaveta e calçou o tênis para sair. Ia bater a porta sem mais nem menos, mas refletiu melhor e deixou um bilhete. Apesar de achar que seus pais de vez em sempre o tratavam como uma criancinha, já que era filho único num país diferente do seu, achou melhor não forçar a barra. Pegou o bloquinho de anotações que ficava em cima da mesa e escreveu.

> Mãe, fui dar uma volta. NÃO se preocupe comigo, estou grandinho e sei me cuidar. Volto na hora do jantar. E nem adianta me ligar, porque acabou a bateria e vou deixar o celular em casa mesmo.
>
> K.

À saída, informou-se sobre o caminho, pois jamais tinha andado sozinho, e menos ainda para ir para a escola. Todo dia seu pai o levava e buscava no táxi que ele dirigia pelas ruas de Beirute até tarde da noite. Por isso, Karim não sabia direito como se locomover naquele lugar tão diferente de Aleppo, que ele conhecia como a palma da sua mão. Sabia que os refugiados palestinos, e agora os sírios, permaneciam em áreas bem delimitadas, como o campo em que morava. A linha verde, que depois da guerra dividiu-a em duas, dando a parte ocidental aos muçulmanos e a oriental aos cristãos, fora abolida. Porém, ainda permanecia toda recortada entre os grupos étnicos que tomaram conta da capital. Karim caminhara sem a companhia de adultos apenas uma vez, e exatamente em La Corniche, um calçadão de quase 5 quilômetros à beira-mar, de onde se descortina a linda vista sobre o Mediterrâneo. Mas até ali havia marcas da guerra libanesa, bastava olhar os troncos das altas palmeiras que falqueiam o passeio, cravados de buracos de balas. Mas isso fora logo após a sua chegada, quando os adultos entraram em um café para fumar narguilé, e ele e Omar puderam andar de bicicleta sozinhos. Desceram até alcançarem o Raoushe, a imensa rocha fincada no mar como se fosse uma porta de gigantes, e que se tornou um dos cartões postais de Beirute.

Então, seguindo as instruções, pegou uma perua, o tipo de condução comum em uma cidade onde o transporte público é praticamente ausente e o metrô, inexistente, e dirigiu-se para Achrafiyé, o bairro chique, onde pegaria outra condução até o seu colégio. Disseram-lhe que não havia nenhuma linha direta, ele tinha que fazer a mudança no centro antigo. Antigo era modo de dizer, pois a maioria das construções estava destruída ou refeita. Ou seja, de antigo mesmo havia muito pouco que sobrara de tantas guerras recentes. Aliás, havia até uma empresa privada, a Solidere, encarregada da reconstrução, o que transformava a capital num imenso canteiro de obras. Karim recordou Ibrahim, o ex-sócio do seu pai: "Este projeto ambicioso, que custará milhões e milhões de dólares, levará ao menos 25 anos para ser concluído", ele certa vez falou diante da Praça do Relógio, cuja torre erguida pelos franceses, no início do século XX, seriamente danificada, tinha sido restaurada havia pouco tempo. Para acrescentar: "Já um bombardeio de médio porte leva alguns segundos, talvez alguns minutos, para arrasar uma região inteira como essa".

Descendo justo naquele ponto de confluência de várias avenidas, no local onde havia muitos cafés e restaurantes caros, em alguns dos quais ele chegou a ir antes do seu pai se desentender com Ibrahim, Karim varreu com a vista a área em que ainda se notavam vários prédios em escombros. O antigo e tradicional hotel Saint George, para onde o ex-primeiro-ministro Hafik Hariri se dirigia quando foi morto, era um deles. Permaneceria assim, parcialmente em pé, como um alerta às gerações futuras, para que os danos físicos e morais da guerra nunca fossem esquecidos.

O menino zanzou pela Praça dos mártires, com sua estátua que também guardava rombos de tiros, e deixou-se ficar admirando o Memorial Hariri, em frente ao Palácio do Governo, e dele separado por uma fileira de jacarandás. Viu como os planos de pedra cinza e os espelhos d'água iam escorrendo em direção à cidade, como se testemunhassem a reconstrução gradual de Beirute. Ele tinha ouvido falar que a pedra de basalto simbolizava luto, sobriedade e perseverança, ao passo que a água representava vida, pureza, paz. A grama, ternura e compaixão. As árvores, alegria, tristeza, esperança e, sobretudo, o ciclo de nascimento e morte, a renovação permanente da vida. Dali entrou no pavilhão sob o qual os restos mortais de Hariri, cobertos de flores frescas, estão cercados de bandeiras e muitas fotos do líder em diferentes ocasiões. Ele não pôde reprimir um calafrio ao olhar aquele monte de imagens de alguém que não existia mais e cujo corpo explodira em milhões de pedaços. Era mais uma prova da brutalidade e da imbecilidade das guerras, ele pensou, recordando Aleppo, que jamais saíra do seu coração nem dos seus pensamentos.

Por debaixo da zona comercial em reconstrução, com a mesquita erguida para fazer frente à velha igreja restaurada, havia ruínas de vários períodos históricos, da época dos otomanos, mamelucos, cruzados, bizantinos, romanos e persas. Karim andou um pouco e deteve-se defronte os Templos Romanos, com suas quatro colunas que ele tanto curtia olhar, principalmente de noite, quando ficavam iluminadas.

Karim consultou o relógio. Passava das quarto da tarde. Resolveu apertar o passo para conseguir pegar o amigo na saída da aula de recuperação. Atravessar a rua não era tarefa das mais fáceis, pois não havia faixas de pedestres e os carros não tinham o menor respeito pelos pedestres. Os raros semáforos não estavam funcionando, transformando o simples ato de cruzar uma via na maior das aventuras. O barulho dos automóveis era ensurdecedor. Táxis passavam rente à calçada buzinando, para atrair possíveis passageiros. Karim poderia ter pego um deles, que funcionam como coletivos, deixando a pessoa num ponto próximo de onde queria ir, mas ficou com receio de gastar o pouco dinheiro que levava. Preferiu enfrentar a caminhada, apesar do zigue-zague por causa das ruas fechadas e das barreiras antibomba espalhadas pela cidade inteira, que também tinha soldados hiperarmados e até tanques de guerra no meio de algumas avenidas. Assim mesmo conseguiu chegar a tempo à Escola Makassed. Ficou do lado de fora, na Corniche al Mazráa, e, quando viu o colega, saiu voando na sua direção. Omar estranhou encontrar o amigo ali naquele momento, mas sorriu, dando esperanças a Karim de que tudo correria bem.

11. *Good news*!

— Samira, passa a bola! Tá devagar, hoje, hein? – disse Daniel, enquanto esperava Samira dar um saque.

Samira ficou vermelha de raiva. Ela sabia muito bem que o melhor que fazia nessa chatice de vôlei era justamente sacar e estava concentrada. Ele tinha que atrapalhar? Olhou bem para a bola e tentou dar o melhor saque possível. Mas, lá se foi: rede.

— Aê, Samira! – gritou Daniel do outro lado.

Ela ficou com muita raiva. A história do nariz ela não engolia de jeito nenhum, e virava e mexia ele provocava. "Não entendo esse moleque. Ele já está perdendo a graça." Terminado o jogo, Cibele, Cris e Samira foram para o vestiário. As duas viram a cara de Samira e foram logo dizendo, quase ao mesmo tempo:

— Ele é muito criança.

— E o pior é que ainda fico com frio na barriga quando vejo o Daniel. Mesmo vendo tanta besteira que ele faz.

— Ah, não sei como pode. Ele está cada vez mais infantil – disse Cris.

— Eu sei – respondeu Samira, pensativa.

A aula do professor Edu foi ótima, como sempre, só que Samira ficou meio fora do ar, rabiscando a última página do caderno. Desenhava coração, pessoa, cachorro, gato, rato. Escrevia de várias maneiras o seu nome S A M I R A. E assim ia sentindo o cheirinho da tinta. O professor até reparou na distração da aluna, que sempre está tão atenta nas suas aulas.

"Sei lá, será que ele me provoca porque gosta de mim, ou porque percebeu que eu gosto dele? Mas se ele diz que eu sou nariguda, é porque me acha feia..."

– Samira, Samira – chamou o professor. – Estamos aqui repassando o conflito sírio que discutimos na aula passada. O esquema a que chegamos para tentar entender acho que foi interessante, despertou a curiosidade da Tatiana, que trouxe para a gente uma foto dos campos de refugiados sírios, em Beirute, onde é possível que esteja o menino com quem você se corresponde. Qual é o nome dele mesmo?

– Karim – Samira, ao pronunciar o nome, teve uma sensação boa, como se sentisse um alívio no peito. Ao olhar a imagem do campo de refugiados, estremeceu. E ficou em dúvida se Karim contava de verdade o que realmente estava se passando com ele e sua família. Foi nessa hora que teve mais vontade ainda de escrever a carta para Karim.

Sorriu para o professor, que percebeu que Samira realmente estava longe, lá no mundo dos seus pensamentos.

"Uma carta. E pensar que uma carta... nem sei como seria escrever uma carta de verdade", refletiu ao lembrar-se que uma vez, na escola, participou de um jogo no qual era preciso escrever cartas, colocá-las dentro de um envelope, selar e enviar para os alunos de outras classes. Só faltava falar com a Helena, que havia morado em outros países e estudado em escolas inglesas.

Samira seguiu pensativa depois da aula, no almoço com a mãe e durante a exposição que foram ver juntas nesse dia. Era o combinado entre as duas, um dia da semana, que Adéle tinha mais livre, iam almoçar e depois passavam numa livraria, numa loja, visitavam uma exposição que estava acontecendo na cidade. Samira sempre gostou, mas, às vezes, queria ficar sozinha no seu quarto ouvindo música e pensando no Daniel, nos bons tempos, quando parecia que o garoto gostava dela. "Agora, nem dá muita vontade", refletiu Samira, recostada no banco do carro, ao lado da mãe, na volta do passeio. "Mas por que, mesmo com tanta decepção, eu continuo pensando nele? Dá vontade de perguntar para mamãe. Mas, sei lá, não quero..." Samira soltou um suspiro e olhou pela janela, tudo passava tão rápido. "Bem que essa sensação chata que eu sinto no peito poderia passar..."

Em casa, Miguelina, ao abrir a porta, foi logo avisando:

– Samira, a Cibele ligou.

– Legal, Mig. – E correu para o quarto para ligar para Cibele. – Ci, tudo bem? Adivinha a ideia que tive? Vou mandar uma carta para o Karim em inglês, a Helena que vai traduzir.

— Boa ideia, Sam. Apesar de a Helena ser meio metida, ela pode até topar.

— Ah, não acho ela tão metida, acho que ela é meio deslocada, estudou muito tempo fora. Mas está adorando a nossa escola, que não tem nada a ver com uma escola inglesa...

— Pode ser. E o que você vai escrever para ele?

— Não sei. Hoje, na aula do professor Edu, fiquei pensando, e tive vontade de contar minhas coisas para o Karim. Falar do Daniel, do que eu sinto.

— Mas e a Helena? Vai saber.

— Ela já sabe, outro dia conversamos um monte, ela me contou que gosta do João. E eu contei do Daniel.

— Ah, ela gosta do João? Sem comentários. Ele é muito feio.

— Eu não acho. E você que fica parada no Pedro? E ele é bem esquisito.

— Samira, não estou nem mais aí com ele.

— Sei, sei.

— Ah, Sam, Sam, só de vez em quando penso nele. Mas ele só quer saber de *video game*.

— Verdade. Ci, lembra que a gente escreveu aquelas cartinhas no jogo do ano passado?

— Claro. Muito legal. Tinha que escrever: São Paulo, dia tal, mês tal, ano tal. E querido, ou prezado, ou prezada.

— Não vejo a hora de escrever uma carta. Daí, já levo amanhã para a escola e peço para a Helena. E então não falta mais nada, porque o Karim já enviou o endereço.

— Boa, então nos falamos, preciso desligar porque meu pai veio me buscar. Espero que sem a namorada. Tchau.

— Ha, ha. Tchau.

Samira, mais que depressa, abriu seu caderno e começou a escrever.

Querido Karim,

Tudo bem? Eu nem sei direito como é escrever uma carta. Sabia que é a minha primeira? Queria te contar que na classe todo mundo já sabe seu nome, porque li a parte do e-mail que você enviou relatando as diferenças que existem entre sunitas, alauítas e xiitas. Eu por aqui tenho saído bastante com minhas amigas. E, outro dia, visitei uma exposição muito legal de uma artista plástica japonesa, que faz um monte de bolas e mais bolas coloridas. Achei engraçado.
Estou achando bem legal se a gente puder se corresponder por cartas também. Sabe, outro dia pensei em você, em como deve estar sendo difícil tudo por aí, uma menina da minha classe trouxe uma imagem de um campo de refugiados em Beirute, mas daí lembrei que você não me disse onde exatamente morava. Só vi a foto da sua janela. E achei tudo tão bonito. Espero que você esteja bem.

> Eu, por aqui, ando meio triste, às vezes. Tem coisas que a gente não consegue conversar com muita gente. Algo assim como um segredo. Nunca te perguntei... mas você tem namorada? Ou gosta de alguma garota? É que eu ainda não namorei ninguém, tenho amigas que já têm namorado. Daí, me sinto por fora porque nunca tive um. Agora, estou gostando muito de um garoto. Penso muito nele. Mas ele parece sempre tão longe... Não sei se ele também gosta de mim. É isso que me deixa angustiada. Não sei se você já passou por isso...
>
> O nome dele é Daniel e estuda na minha classe. Eu achava que ele gostava de mim, porque sempre me olhava, e vivia me provocando com brincadeiras, mas agora não parece mais tão interessado.
>
> Então, é isso. Espero que você consiga me responder logo. Mas podemos também falar pela rede, e quem sabe consigo ir traduzindo algumas coisas para o inglês, mas frases pequenas.
>
> Samira.

"Será que ele vai achar estranho eu contar essas coisas? Mas eu gosto tanto dos e-mails dele, ele parece sempre tão legal e animado. Acho que ele vai me contar mais dele, quem sabe, e pode me dar algum conselho."

No dia seguinte, na hora do intervalo, Samira correu para falar com Helena.

– Uma carta para o garoto sírio? Claro.

– É que eu ainda não sei escrever direito, aliás nem gosto muito de inglês.

– E ele sabe ler inglês?

– Não sei, mas acho que ele se vira também.

Samira estava tão empolgada com a ideia, que chegou em casa, almoçou e, sem dar satisfação para Miguelina, foi até a papelaria, que era um pouco longe da sua casa e sua mãe não gostava que ela fosse sozinha, para escolher um envelope bem bonito. Escolheu um de cor amarela. E voltou correndo para casa, quase com a esperança de a Miguelina não ter percebido sua saída.

– Menina, onde você estava? – perguntou Miguelina, ao ver Samira entrando.

– Fui dar uma voltinha.

– Mas, Samira, você tem que avisar.

– Tá, tá, Miguelina, esqueci – e, dizendo assim, correu para o quarto.

"Só falta passar a limpo! E mandar para Helena via e-mail. E daí, imprimir na impressora do papis."

Samira decidiu que enviaria também a carta em português, com a sua letra. Passou a carta a limpo num papel fininho que encontrou na escrivaninha do pai. Fez isso, caprichando a letra. Antes de enviar para Helena, fez um teste num tradutor de internet para ver como ficava.

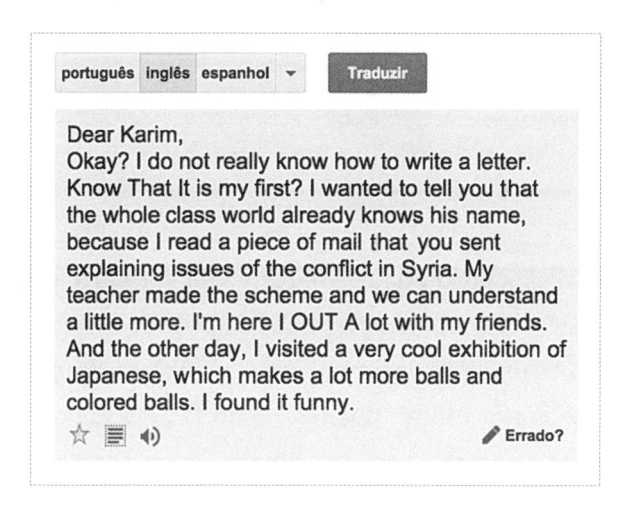

> português inglês espanhol ▼   Traduzir
>
> Dear Karim,
> Okay? I do not really know how to write a letter. Know That It is my first? I wanted to tell you that the whole class world already knows his name, because I read a piece of mail that you sent explaining issues of the conflict in Syria. My teacher made the scheme and we can understand a little more. I'm here I OUT A lot with my friends. And the other day, I visited a very cool exhibition of Japanese, which makes a lot more balls and colored balls. I found it funny.
>
> ☆ ≡ ◂))   ✎ Errado?

"Parece que está ok... Será? Mas não dá para confiar, já que Helena pode ajudar, passo para ela. Vamos ver. Espero que ela faça hoje mesmo. Queria mandar a carta amanhã. Dava tudo para ser um mosquitinho e ver a cara do Karim recebendo meu envelope amarelo cheio de selos de jogador de futebol..."

No fim de tarde, Samira recebeu e-mail da Helena. E gostou muito do *Dear...*

12. O feitiço

Através da janela da classe ele podia ver parte da copa das árvores que enfeitava aquela rua pouco movimentada. Tinham acabado de entrar, após se perfilarem no pátio da escola e cantar o hino libanês, como faziam toda manhã antes de começarem as aulas. Ele fingia que acompanhava a música, mas apenas mexia os lábios, porque aquele não era o seu hino nem aquela era a sua pátria. Aliás, todo dia passava pelo constrangimento e sentia a mesma tristeza de sempre. As estrofes o faziam recordar que ele pertencia a outro lugar, que sua casa tinha ficado lá longe, em Aleppo, agora irreconhecível após anos de bombardeios. Do seu prédio não tinha notícias, mas o apartamento deveria estar caindo aos pedaços no meio da zona de guerra. Ele fechava os olhos tentando rememorar cada cantinho do seu quarto, cada móvel, brinquedo, pôster na parede. Era como se, reativando a memória, tudo aquilo continuasse intacto e a salvo dos incêndios e dos saques que sucediam a cada ataque.

Nesta manhã, porém, tudo tinha sido diferente. Em vez da saudade e da melancolia que o deixavam com o nariz escorrendo, ele agora sentia uma excitação que a custo conseguia controlar. Remexia seu bolso, rezando para que as aulas terminassem logo para ele poder ficar sozinho. É que passava os dedos quase acariciando a carta que Omar acabara de lhe entregar. Quando vira o envelope arrematado nas bordas com as cores amarelo e verde da bandeira do Brasil, não teve dúvidas. Samira tinha cumprido a promessa de enviar uma carta de verdade. Gozado que, em toda sua vida, era a primeira que recebia. Inacreditável ter precisado conhecer alguém do outro lado do planeta, e ainda por cima uma menina, para receber uma carta. Claro, seu avô mandava bilhetes e deixava cartões de aniversário, outros desejando Feliz Ramadã, e assim por diante. Mas uma CARTA mesmo, enviada pelo correio, nunca tinha chegado em suas mãos. Muito menos uma com selos alusivos ao futebol que Samira, decerto, fez questão de escolher especialmente para a ocasião.

Karim passou a manhã tentando controlar a ansiedade, mas não conseguiu se concentrar em nada. O professor parecia um robô que falava sem parar, seus lábios se mexiam como num filme mal dublado e nenhum som parecia sair da sua boca emoldurada por um bigode ridículo.

– Droga, quanto tempo falta pro intervalo? – ele perguntou ao colega vizinho, que mostrou o relógio indicando que a aula mal começara.

Era sempre assim. Quando estava jogando seu *game* preferido ou passeando no fim de semana em um lugar legal, o tempo voava como um torpedo. Mas, em compensação, quando tinha pressa para terminar uma tarefa complicada e chata, para poder sair e jogar futebol, ele esticava de um jeito inexplicável. Não era à toa que Einstein tinha falado sobre a relatividade do tempo. Ele sentia na pele o quanto a teoria do físico estava certa.

Ao cabo de horas intermináveis de aulas sobre as quais ele nada entendeu, porque não conseguiu prestar a mínima atenção, soou o sinal tão esperado. Ele nem se despediu de ninguém e correu para trancar-se no banheiro por alguns minutos, antes que viessem buscá-lo. Com as mãos trêmulas, tentou abrir o envelope, mas estava fortemente colado. Daí, com muito cuidado, rasgou a ponta de uma das laterais e retirou de dentro duas folhas finas, dobradas em quatro. Abriu-as devagar, sentindo a maciez e a leveza do papel rosado. Achou que soltava uma espécie de perfume, mas não saberia dizer qual nem se aquilo era fruto da sua imaginação. Alisou as duas páginas, que traziam uma letrinha miúda e redonda. Não saberia dizer por que, mas achava que carta pessoal tinha que ser redigida à mão. Daí levou um susto, pois estavam em português. E agora? Então notou mais duas folhas escritas no computador, e estas eram em inglês. Suspirou aliviado e, soletrando sílaba por sílaba, leu e releu, mas não entendeu a metade. Resolveu engolir mesmo o orgulho e procurar Omar, que o aguardava na saída para juntos fazerem o trabalho em grupo. Fingiu descontração, como se estivesse fazendo pouco caso da carta.

– E aí, já abriu? – o amigo quis saber.

— Ainda não tive tempo – Karim respondeu, escondendo a ansiedade.

— Se precisar de ajuda, eu leio para você.

Karim deu de ombros, disfarçando a alegria por ele ter se oferecido antes de ele ter que pedir.

— Ok, tanto faz. Depois a gente vê.

Segurar a vontade de entregar a carta ali mesmo, no trajeto para a casa de Omar, foi outro desafio. O trânsito sempre caótico de Beirute transformava qualquer percurso numa viagem demorada e estressante. Por fim, alcançaram o destino e, enquanto aguardavam a hora de sentar à mesa para comer, foram para o quarto de Mohhamed, onde Karim lhe estendeu o envelope.

— Você já leu algum pedaço?

Karim balançou a cabeça negativamente. Quer dizer, ele até passou os olhos pelas páginas, mas nada, ou muito pouco, entendeu.

O amigo então foi lendo devagar, frisando cada frase e fazendo pequenos suspenses entre um parágrafo e outro.

— "Querido Karim" – e Omar deu uma viradinha para, com o rabo do olho, tentar ver a reação do outro. Notou que o fato de ela o chamar de querido, logo na abertura, deixara um sorriso pousado nos lábios de Karim. Satisfeito, Omar prosseguiu.

– "Algo assim como um segredo"– e agora Omar notou que o amigo tremia ligeiramente como se tivesse levado um choque. Omar não poderia desconfiar, mas a menção da palavra desencadeou memórias muito dolorosas dentro de Karim. É que ele próprio tinha um segredo e uma culpa profunda guardados a sete chaves. Sem querer, o rosto de Sayed, o companheiro do passado, foi tomando proporções cada vez maiores, até roubar toda sua atenção. Por instantes, ele não escutou mais nada. Seus pensamentos voaram para a fuga de Aleppo e a catástrofe que se abateu sobre eles naquela noite escura. Era difícil esquecer, porém ainda mais difícil relembrar. Karim teve que fazer um esforço sobre-humano para esconder a dor e ingressar de volta na realidade que os cercava. Limpou a garganta para disfarçar a tristeza e procurou concentrar-se na leitura da carta. Afinal de contas, era para isso que estavam ali. Talvez tivesse, inclusive, perdido alguma parte importante, mas não teve coragem de pedir para Omar reler do início.

Recuperou a calma, mas sua tranquilidade pouco durou. Quase no fim da página, teve um sobressalto. Então experimentou um acelerar das batidas cardíacas incontrolável. Era tão forte que teve medo que Omar escutasse. As palavras dela, perguntando se ele tinha namorada, soaram como a música que ele escutava no pátio da mesquita que frequentava com o avô. Ele nunca tinha se sentido assim em relação a uma garota. Seu coração disparou. Parecia que ia saltar pela boca. Antes de escutar seu nome, ele admirou-se ao constatar como as brasileiras são desinibidas. Que coragem ela tinha de dizer aquilo com todas as letras!

"Agora, estou gostando muito de um garoto. Penso muito nele. Mas ele parece sempre tão longe... Não sei se ele também gosta de mim. É isso que me deixa angustiada."

A imaginação de Karim bateu asas para longe. Samira deveria ser daquelas que não abaixam o olhar quando cruzam com alguém do sexo oposto, e isso o agradava. Agora, decerto ia declarar-se por ele, sem salamaleques nem enrolação! Na sua terra, ficava esquisito para uma mulher dizer que gostava de alguém, era falta de modéstia. Para uma garota recatada, então, nem se fala. Mas Samira era diferente e por isso gostava tanto dela. Estas ideias foram passando pela sua cabeça enquanto ele se preparava para ouvir a declaração. Mas, de um segundo para o outro, o seu mundo desabou.

"Acho que estou gostando do Daniel." Isso mesmo. DANIEL. Daniel!!!

– O quê? – ele perguntou a Omar, puxando a folha da mão dele, que por um triz não rasgou.

– Ela disse que gosta do tal menino da classe dela... – o amigo retrucou, meio constrangido.

– Mentira! Você está inventando!

Sem entender a reação exagerada de Karim, Omar estendeu a carta para ele.

– Então veja você mesmo!

Karim arrebatou o papel das mãos dele e em seguida sentiu vergonha. A cara de Omar era mesmo a de quem não fazia a menor ideia do emaranhado de emoções conflitantes que agitavam o peito do amigo. Além do mais, Karim não queria dar o braço a torcer. Jamais confessaria que aquela revelação tinha sido uma surpresa das mais irritantes. Aliás, era o oposto do que ele esperava. Mas não podia demonstrar a frustração diante do amigo, que fora tão prestativo. Forçou um sorriso que pareceu como o mais artificial do universo, enfiou a carta no bolso e desconversou. Sua voz saiu quebradiça e desafinada.

– Melhor a gente começar o trabalho da escola, senão perdemos o prazo. Meu pai vem me buscar de noitinha.

Ainda sem nada compreender, mas prevendo que naquele momento não arrancaria nenhuma confissão do colega, Omar concordou. E a tarde correu pesada como chumbo. Karim de novo enfrentava dificuldades em se concentrar, embora tentasse com toda a vontade. Ficou aliviado quando escutou a buzina do carro do pai, chamando para ir embora.

– Que cara é essa? – perguntou Hassan, quando viu o filho jogar a mochila no banco traseiro sem sequer dar um oi.

– Nada, estou cansado.

Tão irritado ficara, que nem tinha feito suas orações diárias. Ao chegar em casa, correu direto para a cama e, deitado, abriu de novo a carta de Samira. Foi percorrendo as folhas com os dedos até encontrar aquele maldito nome, Daniel. Que raiva! Bem-feito para ele, quem mandou confiar em uma menina? Ainda mais uma daquelas, que vai para a praia de biquíni, sem o menor pudor. Ele nunca ia casar com uma garota dessas. Samira que ficasse com o Daniel, com o José, com o Rafael, com o Ronaldo. Ele não ligava a mínima. E nunca, nunca mais ia escrever para ela. Ela podia morrer de tanto esperar, que ele jamais falaria com aquela traidora.

Com ideias confusas na cabeça, Karim adormeceu. Viu-se sentado em uma espécie de trono, de onde não conseguia levantar-se por causa de uma maldição. Da sua cadeira, ele vislumbrou um sultão entrar no seu palácio e olhar para todos os lados, sem vê-lo. O homem foi caminhando sobre os tapetes de seda e recostou-se em uma das almofadas para descansar. Então levantou-se, abriu uma das pesadas cortinas adamascadas e um facho de luz iluminou o ambiente. Do centro do saguão espaçoso saíam quatro aposentos contíguos em forma de abóbada, um em face do outro. Um deles continha um banco, uma piscina e uma fonte com quatro leões de ouro puro, de cujas bocas fluíam água, pérolas e pedras preciosas. No interior do palácio, pássaros multicoloridos voavam, e redes quase invisíveis os impediam de fugir.

Ao ver tudo aquilo, todo aquele luxo e nenhum ser humano com quem conversar, o sultão se lamentou. Daí ouviu um trecho de poesia muito triste, e foi andando em direção à voz. Foi quando viu Karim sentado na sua cadeira alta, e notou que ele tinha formas gentis, boa estatura, a fronte como uma flor e o rosto igual à lua. A barba esverdeada, o manto bordado a ouro egípcio e o barrete arredondado sobre a cabeça faziam dele um ser especial que não combinava com tanta tristeza. Por isso, o sultão falou:

"És tão esbelto, com este cabelo e esta beleza,
que ofusca os demais seres num claro-escuro;
não estranhem a marca que traz na bochecha:
em cada lado, um negro ponto".

Karim soltou lágrimas copiosas, dando sua resposta em forma de um verso que deixou o sultão ainda mais aturdido.

"Perguntem àquele contra quem os dias lançaram suas setas:

Quanto tempo as calamidades estancaram, quanto agiram?

Se você estiver dormindo, saiba que o olho de Deus não dorme!

Para quem os tempos são bons, e a quem o mundo pertence?"

– Por que este choro, meu jovem?

– Como não chorar, meu senhor, estando em tal situação?

Com um gesto brusco, Karim retirou o manto que o cobria, deixando seu corpo à mostra. Do umbigo à cabeça, era humano, mas a outra metade era de pedra negra polida.

Muito penalizado, o sultão quis saber quem tinha praticado tamanha maldade.

– Chama-se Samira, meu nobre visitante, a culpada por este infortúnio.

– Pode-se saber o porquê?

– É que num momento de profundo desespero, eu quase matei o namorado dela – Karim respondeu, para completar: – Daniel, chama-se o meu rival. Ele ficou entre a vida e a morte, e, por isso, Samira jogou sobre mim esta maldição eterna.

Ao que o sultão, homem muito viajado e de grande sabedoria, ponderou:

– Creio haver um meio de salvá-lo – falou, muito penalizado diante daquela pobre criatura, meio menino e meio estátua.

– Ó, meu senhor, o que vos peço é que me retires deste inferno.

– Para livrar-se do feitiço, há apenas um caminho – falou o sultão, com a voz solene.

– Diga e eu cumpro. Qualquer coisa para recuperar minhas pernas, preciso delas para inspecionar meu reino – Karim retrucou, cheio de esperança.

O sultão fez um longo silêncio. Depois de alguns minutos, proferiu num tom solene como uma sentença.

– Tens que perdoar Samira dentro do seu peito. Um espírito nobre como o seu não pode alojar o ciúme e muito menos a vingança.

Karim parou para refletir. Afinal, passados tantos e tantos anos, nem se lembrava direito por que tentara matar Daniel nem por que tinha ficado com tamanha raiva de Samira.

– Pois eu lhe dou a minha palavra de honra – falou Karim, com um tom firme e decidido.

O sultão sorriu de contentamento. Não lhe fazia bem ver um jovem tão formoso naquelas condições humilhantes. E antes de desfazer o feitiço, ainda disse.

– Tem mais uma coisa.

– O que foi, meu nobre senhor?

– Precisas prometer que vais continuar escrevendo para ela.

– Escrevendo?

– Sim, conte-lhe sobre a sua vida. Fale dos seus sonhos, dos seus pensamentos, das suas ideias. – O sultão limpou a garganta. – Enquanto você contar-lhe histórias, sem medo nem raiva no coração, será um homem livre.

Como Karim jurou cumprir o pedido, o sultão pegou uma taça cheia e pronunciou certas palavras. A água ferveu e borbulhou como se estivesse num caldeirão ao fogo. Em seguida, espargiu-o com o líquido e disse:

– Se você tiver ficado assim em virtude de um ardil, saia desta forma e retome a forma em que foi criado, com permissão do criador do mundo.

No mesmo instante Karim chacoalhou e levantou-se reto, e ficou muito feliz com o alívio recebido e com a sua salvação.[1]

---

[1] Trecho livremente inspirado no *Livro das mil e uma noites*, volume I, ramo sírio (introdução, notas, apêndice e tradução do árabe: Memede Mustafa Jarouche). São Paulo: Globo, 2006. p. 97-107.

13. À flor da pele

"**V**inte dias. Vinte dias! Mas será que aconteceu alguma coisa com o Karim? Socorro! Tomara que não. Espero que não, pelo menos o conflito está sendo na Síria, e não no Líbano. Acho que ele está protegido. Então, por que será que ele sumiu? Mandei a carta, achando que ele ia adorar o envelope e o jeito novo de a gente se corresponder. E a resposta é esse silêncio? Nem na rede encontrei mais com ele. Mandei uma mensagem em português com uma figurinha, e ele nada, nem sinal. Talvez tenha que fazer um e-mail e pedir para Helena traduzir para o inglês. Ah, mas a Helena... Depois que vi que ela pediu para ficar 'amiga' dele na rede social. Que chato. Confesso que não gostei. O amigo é meu. E tem mais, até fico desconfiada se ela está se correspondendo com ele via mensagem *inbox*. Mas eu nem quis perguntar para não dar o braço a torcer. Bem que a Cibele me disse que não ia muito com a cara da Helena. O jeito será recorrer à mamis de novo, para mandar um e-mail e saber o que acontece. Vinte dias..."

Samira refletia enquanto se arrumava para ir andar de bicicleta com a Cris e a Ci no Parque Villa-Lobos. Quando a primeira semana passou e nada de resposta do Karim, a garota ficou um pouco apreensiva, mas pensou que ele poderia estar escrevendo uma carta também. E, por isso, demorasse muito. Mas no correio disseram que seu envelope amarelo chegaria nas terras do oriente em três dias. E acreditava que o mesmo acontecesse de lá para cá. Tinha certeza de que o endereço estava correto. Olhou os mapas da internet e até viu a rua dele. Era bonita...

– Samira, o pai da Cris chegou. Depois, fica atenta ao horário. Eu é que vou buscar vocês – falou Adéle enquanto se despedia da filha. – Anda, Samira, é chato eles ficarem esperando.

– Tá, mãe, tá, mãe – Samira desceu afobada, sempre se atrasava um pouco.

– Oi, tio Paulo. Oi, Cris e Ci.

– Vamos pedalar muuuito hoje, hein, Samira, nada de preguiça – provocou Cibele.

– Quero ver vocês me alcançarem, isso sim.

– Meninas, o combinado de vocês estarem sozinhas no parque é que fiquem juntas o tempo todo. Nada de deixar uma para trás. Senão não tem parque, combinamos assim com seus pais.

– Ok, papi. Estamos brincando. Estaremos juntas. E também não esqueça que levamos celular. No caso de alguém se desgarrar, temos como nos encontrar.

– Mas o melhor é ninguém se perder – repetiu o pai, um pouco apreensivo.

As três entreolharam-se e deram uma risadinha. Afinal, estavam felizes de irem ao parque sem nenhum adulto.

O pai da Cris alugou as bicicletas e as três saíram pedalando. Foram pelo caminho das bikes e, como o parque estava um pouco cheio, nem dava para apostar corrida. Ora Cibele andava com a Samira, ora Samira andava com a Cris, e assim revezavam. Andaram mais de uma hora. Daí colocaram as bikes juntinhas enquanto Samira e Cibele foram comprar os lanches. Seguiram até o gramado. E Cris tirou uma toalha xadrez vermelha da bolsa a tiracolo. As três sentaram e começaram o piquenique.

– Estou só pensando no Karim ultimamente. Ele está fazendo uma falta. Nunca imaginei que alguém tão longe, que nunca vi ao vivo, passasse a ser tão importante – contou Samira.

– Vai ver que você se apaixonou por ele – disse Cris, com uma risadinha maliciosa.

– Pode ser mesmo – acrescentou Cibele, rindo.

– Não é nada disso, é que é tão legal conversar desse jeito por e-mail, e agora por carta. Sei lá, é diferente – retrucou Samira.

– E por que será que ele não está respondendo? Você leu a carta para a gente e não tinha nada de mais – disse Cibele.

– Nada de mais? Basicamente que ela gostava do Daniel – falou Cris.

– E qual é o problema, Cris? Escrevi mesmo, queria me abrir com ele.

– Hum, não tinha pensado nisso. E se ele é que estava gostando de você? E se decepcionou. Deve estar triste.

Na hora que a Cibele falou isso, Samira sentiu um frio na barriga ao pensar que ele pudesse estar gostando dela.

– Será? – deu um gole na sua água de coco. Respirou fundo. Achou que até poderia ser. Mas desconversou, já que queria pensar sozinha nessa possibilidade. – Ah, vamos andar de bike mais um pouco. Pode ser simplesmente que Karim tenha ficado sem internet ou não encontrado alguém para traduzir a carta, já que ele também não iria mostrar à mãe, acho – conclui Samira.

Cibele e Cris entreolharam-se. Resolveram encerrar a conversa, ainda tinham mais uma hora para curtir o parque. A mãe da Samira ficou de buscá-las às quatro da tarde. Quando estava quase no horário, as meninas, longe da saída, deram uma superpedalada para chegar a tempo de devolver as bikes, pois a mãe de Samira tinha um compromisso e não queria saber de atraso. Chegaram esbaforidas, devolveram as bicicletas e correram para encontrar Adéle, já meio preocupada com o pequeno atraso. As amigas superfelizes entraram no carro, comemorando aquela tarde sozinhas no parque. Seria a primeira de muitas. Adéle deixou Cibele e depois a Cris. Samira ficaria na casa da avó, dormiria o fim de semana lá, quando todos se encontrariam para o almoço. Samira gostava da casa da avó. Com certeza ela estaria preparando o almoço do domingo. E Najla havia dito que, se quisesse, Samira poderia fazer a sobremesa. Já havia, inclusive, separado a receita do ataif.

– Samira, como você está bonita – disse a avó, assim que viu a neta com as bochechas rosadas e feliz.

– Ah, vó! – Samira ficava meio sem graça quando a avó dizia isso, mas deu um beijo em Najla. Fazia tempo que não se viam. – E o vovô? – perguntou.

– Saiu com o primo dele. Logo mais está de volta. Agora vai lavar as mãos. Ou, se quiser tomar um banho, tem toalha lá no armário.

– Boa ideia, vó. Fui!

Samira adorava o banheiro antigo da avó; havia uma banheira de louça branca, os azulejos verde-claros, uma cor que ela nunca via em lugar nenhum. Encheu a banheira e ali ficou. Às vezes, mergulhava a cabeça e sentia uma sensação estranha de um silêncio que parecia tão conhecido e ao mesmo tempo tão estranho. Num dos mergulhos pensou no Karim. E um medo muito grande de ter magoado os sentimentos dele. "Se a Cris e a Ci estavam certas... Mas será que ele se apaixonaria por mim sem me conhecer ao vivo?"

– Samira, você já está aí há uma hora, imagino como seus dedos estão enrugados – chamou a avó dando uma primeira batida na porta, sem efeito nenhum. – Samiraa!! – falou um pouco mais alto.

– Já vou, vó – Samira quase se assustou, tão mergulhada que estava. E ficou mais uns quinze minutos.

Quando chegou na cozinha, viu a avó amassando a carne no pilão. Nesses almoços especiais de domingo, ela fazia questão de preparar o quibe do jeito antigo, pilando a carne. Ao ver a neta, foi logo dizendo:

– Hoje você não escapa, que tal pegar aquele caderno de receitas, ali em cima, e procurar o ataif? Mas tem duas receitas, uma que é mais tradicional, e bem mais difícil. E outra, moderna.

– Tá, vó. – Samira pegou o caderno e começou a virar as páginas, achava engraçadas as letras tão bonitas e diferentes, pareciam desenhos, de tão caprichadas. Chegou na receita de ataif. – De quem é essa letra, vó?

– Ah, deixa eu ver. – E ajeitando os óculos, deu uma olhada na página, já amarelada e cheia de manchas. – Hum, essa é da tia Jamila. Ela adorava escrever, e olha que por ter vindo para cá já com certa idade, até que falava e escrevia bem o português. Espera, onde está a receita mais moderna de ataif? Essa fui eu que anotei. – E pegou o livro da mão de Samira. – Ah, aqui está. Dá uma olhada.

Samira começou a ler. A parte do liquidificador até parecia fácil.

> Receita de ataif
>
> Ingredientes:
> - 500 ml de leite
> - 1 1/2 colher de sopa de fermento biológico
> - 2 xícaras de chá de farinha de trigo peneirada
>
> Modo de fazer:
> Coloque no liquidificador o leite, a farinha e o fermento. Bata tudo muito bem. Deixe a massa descansar de 1/2 a 1 hora.

Enquanto Samira, concentrada, seguia a receita, seu avô entrou na cozinha e ficou surpreso de ver a neta.

– Olha quem está cozinhando, a minha Samirinha. – E beijou a testa da neta. – Muito bem! – Olhou para Najla e deu uma piscada.

Samira fez toda a primeira parte. A receita indicava que a massa deveria ficar descansando.

– Vó, daqui a pouco eu volto.

Samira foi à sala ver um pouco de TV. O avô já estava com o controle na mão...

— Então quer dizer que você vai aprender a cozinha árabe, dona Samira? – provocou o avô.

— Pelo menos ataif, que adoro.

— Minha mãe fazia ataif, lá no Líbano. E agora vejo minha neta, aqui no Brasil. Que coisa, pensar que viemos de tão longe, com outra cultura, mas que muitas coisas permanecem. E sabe que já se passaram 60 anos desde que vim do Líbano e, mesmo assim, lembro sempre da terra em que nasci? Acho que é coisa de imigrante.

Quando Samira ouviu o avô dizer a palavra imigrante, pensou nos refugiados que estão aqui no Brasil, e no Karim, lá no Líbano. E ficou em dúvida.

— Vô, qual é a diferença entre imigrante e refugiado?

— Taí uma boa pergunta, Samira. – Pensou um pouco e continuou: – O imigrante pode sair de seu país por questões econômicas, sociais. Ou também, simplesmente, sair em busca de novas oportunidades em outro lugar por vários motivos. E pode voltar quando quiser para o seu país. O refugiado sempre sai por algo muito grave que o força a fugir da sua terra. Raramente consegue voltar. Mas houve um tratado na Segunda Guerra Mundial, se não me engano, que define bem essa questão do refugiado. Eu vou procurar e te digo.

O avô passou a mão no cabelo branco e olhou fixo para Samira. Era uma pergunta e tanto. Fora que ainda tinha a história do exilado. Mas isso ele achou melhor nem comentar por enquanto. Já tinha informação demais para a cabecinha da neta digerir.

– Mas e se, por exemplo, houve uma guerra, e ela acaba, daí o refugiado pode voltar?

– Ah, Samira, cada caso há que se pensar. Se a guerra acaba, mas o regime não muda, ou tudo está destruído, pode ser impossível voltar.

– É mesmo, vô. – Samira ficou pensativa lembrando de Karim, não podendo mais regressar à sua terra e permanecendo como refugiado. Nessa mesma hora, desconfiou que poderia tê-lo magoado com a carta.

– Samira, já está na hora de continuar a receita – chamou a avó.

Pegue uma concha pequena e coloque a massa numa chapa de ferro grossa bem quente (caso não tenha, pode ser na frigideira), fazendo círculos de mais ou menos 10 cm de diâmetro. Asse as panquecas só de um lado. Quando a parte de cima estiver seca, retire-as e coloque sobre um pano, cobrindo-as.

Nota: com um guardanapo embebido em azeite, limpe e enxugue a chapa, conservando-a sempre limpa.

Nessa parte da receita, a avó ajudou bastante. Samira fez apenas duas panquecas. E foi cuidar do recheio e da calda. Essa foi a parte de que ela mais gostou.

Recheio

1 colher de sopa de açúcar
500 g de nozes moídas

Modo de fazer:
Numa tigela misture as nozes e o açúcar e reserve.

Calda

- 1 1/2 colher de sopa de água de flor de laranjeira
- 1 1/2 colher de sopa de suco de limão
- 500 ml de água
- 1 kg de açúcar

Modo de fazer:
Numa panela misture o açúcar e a água e deixe ferver até engrossar. Quando a calda estiver em ponto de fio, junte o suco de limão, misture e retire do fogo. Deixe esfriar e misture a água de flor de laranjeira. Reserve.

Montagem

Deixe as panquecas com o lado mais claro para cima. Coloque o recheio no centro e feche na forma de meia-lua, apertando bem as bordas com os dedos para não abrir. Sirva com a calda à parte.

Samira quase nem acreditou que já sabia fazer sua sobremesa favorita, e foi a primeira a provar um ataif. Um? Três... Depois, pediu para usar o computador do avô, e foi ler seus e-mails. E para sua surpresa havia um e-mail do Karim.

14. *Shaheed* (mártir)

Os bebês choravam, as crianças berravam e as mães gritavam por cima delas, na maior algazarra. O barulho só não era pior porque não havia latido de cachorros. Além de faltar comida para alimentá-los, os mandamentos islâmicos não eram muito simpáticos aos bichinhos, tidos como sujos e impuros. A exceção ficava por conta dos cães de guarda, de caça, dos pastores, ou dos guias para cegos, estes sim tolerados. Cachorrinhos de estimação eram malvistos, inclusive porque remetiam a um estilo de vida ocidental, que muita gente combatia e enxergava como nocivo.

Era difícil se concentrar com tanta bagunça. Virou um problema sério na vida de Karim, que sentia saudades do silêncio gostoso do seu quarto arejado e amplo em Aleppo, onde ele escutava o vento sacudindo a folhagem das árvores ao redor. Aqui no campo de refugiados havia pouca vegetação, cada centímetro ocupado por construções feias e sem acabamento. Faltava dinheiro para comprar tudo, e as doações internacionais não davam para atender todo mundo que precisava de ajuda. As crianças não tinham lugar para brincar, e passavam o dia no meio das ruelas correndo de um lado para o outro. Antes, ainda aproveitavam os *playgrounds* espalhados pelos bairros, mas agora até isso tinha se tornado impossível. É que os rebeldes usavam esses locais como cemitérios clandestinos para enterrar os companheiros mortos nos confrontos com as forças governamentais. Sem atestado de óbito emitido pelas autoridades para usar as necrópoles públicas, sobrava aquela opção macabra.

Com esses pensamentos na cabeça, Karim sentou-se diante do computador para escrever a Samira. Ela já fazia parte da sua vida. Estava acostumado com a amiga e nem precisava fazer esforço para começar um longo e-mail respondendo às perguntas que ela fazia cada vez com maior intimidade. Ele não confessaria a ninguém, mas de noite, na cama, sentia um calafrio pensando nela e se perguntando o que faria se ela parasse de mandar mensagens. Porque, além de representar uma alternativa concreta aos longos dias que ele a custo via passar, Samira fez com que ele pensasse seriamente em coisas que nunca parou para considerar. E mais do que isso: fazia com que ele não ficasse remoendo a história de Sayed, aquele amigo que tinha perdido para sempre. Era um segredo tão doloroso, que procurava esquecer. Porém, quanto mais tentava, com mais força ele o assaltava, como agora, no meio do nada. Chegara a cogitar revelar a Samira o que lhe oprimia tanto, mas lembrou-se de um trecho do livro *Mil e uma noites*, que seu avô lia com ele antes de dormir, e desistiu. O verso era mais ou menos assim:

> "Preserva sempre o segredo: a ninguém o confies
> pois quem confia o segredo já o perdeu.
> Se em teu peito não cabe o teu segredo
> como poderia ele caber no peito de um outro?"

Neste instante, o garoto esfregou os olhos e fungou bem alto. Aquilo apertava seu peito, quase impedindo-o de respirar. Karim espantou o desânimo para longe. Estava decidido. Ia colocar tudo na tela. Ia falar tudinho, desde a fuga de Aleppo até a chegada em Beirute, sem esconder nada. Agora, o rosto de Sayed, o vizinho que desde pequeno fora seu melhor amigo, surgiu imenso na sua frente, como acontece nos sonhos. O menino queria chorar, mas suas lágrimas haviam secado há tempos e ele nem tinha percebido. Com um gesto mecânico, tentou tocar a face do amigo, mas ela encolheu até sumir por completo. Tornou a olhar a tela em branco e outras imagens foram aparecendo, uma atrás da outra, como se fossem fotogramas de um filme. Um filme da sua vida, sem final feliz.

"Corre, corre! Depressa." A voz dos pais de Sayed era puro desespero. Em seguida, uma saraivada de balas dos franco-atiradores posicionados nos telhados. "Por aí não, por aí não!", gritou o pai, alertando o filho que seguia para um beco sem saída. De novo a artilharia encheu a escuridão, que não deixava enxergar um palmo diante do nariz. E tudo mergulhou num silêncio sinistro, com cheiro de morte.

Outro arrepio percorreu o corpo de Karim como uma descarga elétrica. Ele fechou os olhos para melhor recordar o dia da partida, no meio da madrugada, numa noite escura sem lua para não chamar a atenção. A data estava gravada na sua cabeça para sempre: 29 de julho de 2012, durante a fase mais pesada da Batalha de Aleppo. O confronto entre as forças do Exército Livre da Síria, às quais seus tios pertenciam e sua família apoiava, contra o Exército Nacional do presidente Bashar tinha começado dez dias antes. A luta foi crescendo, porque os dois lados sabiam o quanto era importante vencer a disputa pelo controle da maior cidade do país, de grande valor estratégico e econômico. No início, os rebeldes ganharam terreno, mas os combates continuavam ferozes, deixando as casas e os prédios totalmente em ruínas. As aulas foram suspensas, o transporte coletivo foi suspenso, a eletricidade cortada, e a água marrom-escuro aparecia apenas de dois em dois dias.

 A situação se agravava à medida que os confrontos de rua aumentavam, expulsando a população dos bairros mais atingidos. Muitos não tinham para onde ir e acabavam permanecendo até o último instante, na esperança inglória de que tudo voltasse ao normal. Os pais de Karim não alimentavam este sonho irreal, pois estavam bem informados sobre os acontecimentos. Eles sabiam que a violência iria apenas crescer, sem chance de um acordo de paz. Eles previam que, com o apoio de combatentes da milícia libanesa Hezbollah, as tropas do governo recuperariam grande parte da região conquistada pelos rebeldes, nesta batalha que vinha matando milhares de pessoas. Assim mesmo eles tinham pensado em ficar. Não queriam parecer ingratos aos rebeldes a quem davam suporte moral e material, fornecendo comida, água e abrigo a quem precisasse. Eram patriotas e estavam dispostos e lutar pela libertação do seu país de que tanto gostavam. Mas tudo virou ao avesso certa madrugada, e os fez mudar de ideia e agir como tantos e tantos fugitivos. A destruição chegara às suas portas e agora era ir embora ou morrer.

Karim recorda quando seu próprio quarto tremeu pela bomba lançada por um avião do governo. Parecia terremoto. As paredes racharam e os vidros de todas as janelas quebraram com um estrondo. Havia cacos espalhados pelo chão da casa inteira. Sua mãe cortou a sola dos pés, pois correu descalça até a cama do filho para ver como ele estava. Sirenes ecoaram pelo bairro, e mais alguns minutos a gritaria, o choro e os motores de carros improvisados em ambulância também podiam ser ouvidos. Todos sabiam que as forças revolucionárias iriam revidar e a violência alcançaria proporções nunca vistas. O garoto recordava que ao amanhecer, após varrerem o apartamento e se certificarem de que a estrutura do edifício permanecera intacta, seus pais fizeram uma pequena reunião com os moradores restantes para avaliar a situação. Ao final, uma rodada de votos e o resultado foi unânime: deveriam partir o mais rápido possível.

Tiveram apenas um dia para selecionar o essencial que poderiam levar. Cada um tinha direito a apenas uma mochila e uma mala de tamanho médio. Nada mais. Nelas deveriam caber de roupas e objetos de uso pessoal até coisas de valor, como quadros, esculturas, louça antiga, prataria e joias. Claro que a maioria dos pertences acabou abandonado. Karim ainda recordava com lágrimas nos olhos a difícil tarefa de escolher o que ia e o que ficava para trás. Provavelmente para sempre. O dilema nunca tinha ocorrido a ele. O que levar de mais importante para uma viagem sem volta? Ele precisava de botas e mudas de roupa, que ocupavam muito lugar. Havia seus livros, brinquedos, CDs, *games*, aparelho de televisão, *skate*, bicicleta, bolas, revistas, coleções de bonecos, jogos e uma infinidade de itens que ele, como filho único e neto preferido, ganhava sem parar. Agora via-se obrigado a abandonar coisas que o acompanhavam há anos, coisas sem as quais ele achava que não conseguiria sobreviver. Era um teste e tanto, uma das provas mais duras até aquele momento. Ele ainda não sabia que acontecimentos bem piores o aguardavam.

"Vamos, Karim, apresse-se. O jipe está quase chegando", sua mãe avisara, segurando o choro ao ver o filho tão transtornado. Até aquele instante ele não tinha conseguido separar seus pertences prediletos. Tudo era crucial, cada coisa tinha uma história, um apelo, um encanto. Parecia que os brinquedos adquiriam vida e gritavam: "Não me abandone, não me esqueça aqui no meio da guerra!". Por isso foi a mãe quem acabou selecionando para ele o que deveria ir. Karim não estava em condições emocionais de fazer este corte radical na sua vida. E quando saíram na calada da noite, de mãos dadas para não se perderem no escuro, ele tinha uma certeza: mais do que seus objetos favoritos, o que de fato ficava para trás era a infância feliz e despreocupada. Sabia: de agora em diante entrava forçosamente na idade adulta, uma fase que se provaria mais dura do que ele poderia imaginar.

E assim fecharam a porta do apartamento, desceram as escadas para entrar no veículo conduzido por um oficial rebelde. Ele conhecia as ruas como a palma da sua mão, algo essencial para evitar as regiões controladas pelo exército sírio e cair em alguma armadilha mortal. Todo cuidado era pouco naquelas circunstâncias. Ao ver Sayed com os pais e a irmã pequena, Karim segurou o choro preso na garganta. Não ia demonstrar fraqueza diante do melhor amigo. Os dois trocaram um olhar cúmplice que dizia tudo. O olhar falava, principalmente, da revolta diante daquela situação limite, que os obrigava a tomar medidas drásticas e definitivas.

Karim tornou a fitar a tela em branco, na qual pretendia contar a Samira o desfecho triste daquela viagem sem volta. De como no meio da estrada a maior tragédia da sua existência ocorrera diante do seu nariz, sem que ele pudesse fazer alguma coisa. Pretendiam pegar uma estradinha até Idlib e de lá a Hamāh, para chegarem a Beirute sem passar pela autoestrada que cortava Damasco. As milícias de Bashar estavam posicionadas nos pontos-chave e queriam evitar qualquer espécie de confronto. Teriam também que fugir das zonas minadas, que iam mudando de lugar a cada dia, como as dunas de areia sopradas pelo vento do deserto. O perigo rondava por todos os lados. O medo estava estampado no rosto da mãe de Sayed, que segurava a filha pequena embrulhada em uma manta.

No meio do caminho, um imprevisto: o pneu do jipe em que viajavam furou. Claro que não havia estepe para trocar. Permanecer num carro no meio da estrada era atrair o inimigo. Seriam alvo fácil para um morteiro disparado dos ciprestes que circundavam aquela área. O guia, um sujeito baixo de barba cerrada e olhos negros brilhantes, avisou que teriam que continuar a pé até ele conseguir se comunicar com a base e decidir o que fazer. Havia gente conhecida e confiável numa aldeia próxima, bastava andar até lá – cerca de três horas de caminhada.

Os pais de Sayed suspiraram, desanimados, mas concordaram em caminhar no breu da noite.

"Droga, eu prefiro morrer do que largar minhas coisas aqui para serem roubadas!", protestara Karim, ameaçando não arredar o pé antes que achassem um lugar menos exposto para esconder a bagagem. O guia coçou a barba, alegando que qualquer demora poderia ser fatal, mas, diante dos protestos do garoto, arrastaram as malas para debaixo de árvores próximas e as esconderam sob galhos e folhas. A operação não demorou muito. O guia consultava o relógio de pulso de dez em dez segundos.

"Depressa, depressa, temos que correr para não sermos apanhados pelos homens de Bashar", avisou. "A esta altura, já devem ter detectado nossos movimentos, não podemos perder mais tempo com malas e bagagens." Karim protestou e, a contragosto, foi obrigado a ceder. Ainda não sabia que algo bem mais importante do que simples bens materiais estava para ser arrancado da sua vida dali a instantes.

Ele retirou um tufo de cabelos que caíra na sua testa e de novo encarou a tela em branco. O computador aguardava seus dedos ágeis para contar a Samira a história de um garoto que virou outra vítima daquela guerra. Seus olhos turvaram-se, mas ele afastou a tristeza e começou a revelar como seu grande amigo se transformou em um *shaheed*, que em árabe significa "mártir", alguém que morre por uma causa.

Cerrou as pálpebras e, à sua volta, tudo ficou negro. E de novo reviu Sayed, alguns passos antes dele, se separar do grupo para, incentivado por Karim, correr atrás de um dos poucos *hampsters* que ainda sobreviviam entre as oliveiras abandonadas pelos antigos proprietários. Se houvesse luz para iluminar a paisagem, veriam cenas desoladoras de uma região antes produtiva e abundante em árvores frutíferas como tamareiras e nogueiras, entre as mais variadas plantações.

O guia avisara para andarem em fila, pois as minas terrestres podiam estar em qualquer lugar. Só ele conseguia detectar onde era seguro dar o próximo passo no breu da noite sem lua. Os garotos ficaram no fim, fazendo brincadeiras para espantar o medo e a tensão. Estavam naquela fase da vida em que era importante demonstrar coragem, mesmo se isso significasse correr riscos. E foi assim que Sayed desafiou Karim a subir na oliveira mais próxima, sem ser notado pelos demais.

Sem hesitar, ele foi saindo com cuidado, até ficar a uma certa distância do amigo. Quase tateando no escuro, Karim subiu em uma árvore de pequeno porte, e lá permaneceu por alguns instantes. Respirou o ar frio da noite e tentou se acalmar. Não saberia dizer quanto tempo se passara, mas de repente não conseguia mais escutar o barulho do grupo se locomovendo suavemente pelo caminho. Enfrentou um início de pânico, sem saber como agir. Se gritasse pelos pais, ia estragar a brincadeira e chamar a atenção para os fugitivos, caso houvesse inimigos de tocaia nas redondezas. E, pior ainda, passaria por covarde diante do amigo. Mas sabia que, ao descer dali, ainda corria perigo de pisar em alguma mina, das muitas que diariamente matavam ou aleijavam sobretudo as crianças em busca de alimento. Ele congelou. Onde estava com a cabeça quando fez o que Sayed sugeriu? Não estava careca de saber que, em plena guerra, simples brincadeiras inocentes acabam virando verdadeiras tragédias? Quantas vezes tinha lido sobre gente que se machucou feio e quase morreu por causa de alguma bobagem?

– Droga, ele vai ver!!! – resmungou entredentes, com raiva do amigo. – Se eu escapar dessa, vou dar o troco... –

acrescentou, prendendo a respiração como se, assim, pudesse evitar os problemas. Apertou os dentes e, decidido, pulou no chão e saiu quase correndo rumo ao que achava tratar-se da fila indiana formada pelas duas famílias. Zanzou entre as oliveiras que, naquele breu, pareciam formar um círculo fechado em torno dele, dando a impressão de que nunca saía do lugar. Após um tempo que lhe pareceu uma eternidade, enxergou a lanterna fraca do guia e, controlando-se para não sair voando aos gritos para perto deles, foi se aproximando devagar, até alcançar Sayed.

– E aí, ficou com medo, hein? – zombou o amigo, notando a respiração ofegante dele. Aliás, se houvesse luz suficiente, veria a expressão entre apavorada e brava de Karim, que deu de ombros, fingindo não estar ligando para o verdadeiro pavor que sentiu.

– Agora é você! – desafiou, procurando disfarçar o tom de vingança grudado na voz.

– Manda! – disse Sayed. – Não tenho medo de NADA!!!

Falavam baixinho, para não despertar a suspeita dos demais, que por pura sorte não haviam notado a breve ausência de Karim nem o perigo a que ele bobamente se expusera.

O menino pausou para refletir e, por fim, teve uma ideia.

– Duvido que você consiga pegar um *hampster* para a gente brincar.

— Larga de ser burro – disse Sayed. – Você sabe muito bem que eles sumiram do mapa faz tempo.

Karim estava ciente de que os bichinhos, naturais do lugar, foram desaparecendo conforme a guerra prosseguia e os alimentos escasseavam. As chances de encontrarem algum por perto era de uma em um milhão. Mas estava com raiva de Sayed pelo susto que passara e não ia deixar barato.

— Bom, se está com medo, eu entendo...

— Já disse que não tenho medo de nada! – avisou o amigo, chamando a atenção dos pais e do guia.

— Shhhh – fizeram, em coro. – Não podem ficar quietos???

Sem esperar por mais nada, Sayed foi saindo de mansinho. Ele piscou para Karim, que em menos de dois segundos se arrependeu de ter feito aquele desafio impossível de ser cumprido. Quis chamar por Sayed, dizer que estava brincando, que não precisava provar nada, que falara aquilo por pura raiva. Ensaiou alguns passos, tentou puxá-lo pela manga, mas Sayed deu um safanão e sumiu.

Karim hesitou. Passou pela sua cabeça chamar os pais dele, que poderiam retê-lo. Mas isso, claro, soaria como uma traição. Pesou os prós e os contras e achou que não valia a pena. Afinal, se ele próprio voltara, por que se preocupar desta maneira com Sayed? Retomou o ritmo da marcha tentando tranquilizar-se.

"Em menos de cinco minutos ele estará de volta. Sem nenhum bichinho, claro, mas são e salvo."

Agarrado a este pensamento como uma tábua de salvação, Karim foi andando, embora seus pés agora pesassem como se tivesse uma bola de ferro presa nos tornozelos.

"Ele vai voltar, tenho certeza", dizia para si mesmo, desejando recuar no tempo e impedir o amigo de se embrenhar na escuridão.

"Ele vai voltar", repetia, quase numa prece. "Ele estará logo aqui ao meu lado, *Allahu Akbar*, Deus é grande."

Mas Sayed não voltou.

– Cadê meu filho? – quis saber o pai dele, transcorrida quase meia hora desde que o menino, sem ninguém saber, exceto Karim, havia se desprendido do grupo. – Onde ele foi parar? Alguém sabe? Sayeeeeeeeeeeed – gritou o pobre homem, quebrando o combinado de ficarem no maior silêncio que pudessem.

Como uma onda elétrica, o desespero propagou-se entre os adultos, que começaram a berrar o nome do menino, ignorando os reiterados pedidos do guia para ficarem quietos. Só então Karim se deu conta da imensa idiotice que fizera. O pai de Sayed sacudiu-o pelos ombros:

– Cadê meu filho, onde está ele? – Mas o pobre garoto havia perdido a fala.

O sumiço deixou todo mundo em pânico, cada um queria fazer uma coisa diferente, na maior confusão, mas foram impedidos pelo guia de sair procurando.

– Escutem de uma vez por todas!!! – gritou, acima do vozerio. – Se pisarem em alguma mina, morrem na hora e ainda explode quem estiver por perto – alertou. – E isso não vai nos ajudar a encontrar Sayed!

– Mas como vou deixar meu garoto por aí sozinho, abandonado? – desesperou-se a mãe, que girava sobre si mesma como um peão desgovernado.

Ele tentou acalmá-la, prometendo que pela manhã mandaria alguém seguir os rastros. A contragosto, a mulher teve que se conformar, e seguiu soluçando amparada pelo marido. No fundo sabiam que o vento apagaria qualquer vestígio da passagem de Sayed, e rezavam para que ele não caísse em nenhuma armadilha, nem que tropeçasse em alguma mina.

Após horas de caminhada, quando o sol já se mostrava no horizonte, alcançaram o vilarejo ocupado pelos rebeldes, onde poderiam descansar sem perigo. Ali permaneceram por três dias, na vã esperança de reencontrar Sayed. Porém, foram obrigados de novo a partir, deixando para trás outra vítima inocente desta guerra sangrenta. Karim teria pesadelos recorrentes, sentindo a manga de Sayed escapando da sua mão. Vivia sufocado pelo sentimento de culpa misturado à tristeza de ter perdido o melhor parceiro de jogos e de estudos. Nunca mais viu o companheiro, nem dele escutaram falar... Era o que contou a Samira, sua amiga brasileira, que seria ajudada pela mãe na tradução. Com elas finalmente dividia seu segredo, pesado como uma imensa âncora de ferro.

15. Insha'Allah

Samira nunca havia perdido o sono. Mas agora abria o livro das *Mil e uma noites* para tentar acompanhar mais uma história da Sherazade. No meio do oásis, o gênio iria matar o mercador. Samira não conseguia parar de ler. E falou consigo mesma: "Que história mais bizarra! O mercador estava passando por um oásis, parou para comer. Experimentou umas tâmaras, jogou os caroços de um lado e de outro, daí aparece esse Ifrit (que nome mais engraçado para dizer gênio) e fala que um caroço de tâmara havia matado seu filho. Tá na cara que é mentira. E o Ifrit ainda diz: 'É imperioso matar você!'".

Samira segue sua leitura, e fica aliviada ao saber que mais três personagens chegam ao oásis e vão ajudar o mercador. Nesse exato ponto em que Samira lê novamente a palavra oásis, volta a lembrar do Sayed, o amigo do Karim. "Será que ele não poderia estar num oásis enquanto essa maldita guerra não acaba?" E de repente veio a imagem de Karim andando em fila com o guia que detectava bombas. "Que aflição, que medo! E continuar caminhando, sabendo que o amigo poderia morrer, perdido. Não parece de verdade. É tudo tão estranho! Como será que o Karim aguentou?"

Samira cobriu a cabeça com o lençol, sentiu sua respiração quentinha, imaginou o frio daquela noite. A mãe com a menina, enrolada num cobertor, não podendo ir atrás do filho. Samira colocou a cabeça para fora do cobertor e apagou a luz do abajur. Sentiu a escuridão, aquele momento em que parece que o ar fica mais pesado. Virou de bruços, colocou a mão debaixo do travesseiro. Lembrou-se do trecho do e-mail em que ele contava da mãe fechando o apartamento. Enxergou a cena direitinho. Virou para o outro lado, para ver se a cena se apagava. Mas, ao se virar, surgiu a imagem de Karim. Ela ficou com pena dele. Seus olhos marejaram. Nunca tinha se emocionado tanto com a dor de outra pessoa. Às vezes chorava vendo um filme ou lendo um livro. Lembrou-se de uma história triste que leu, quando tinha 10 anos, e como não parara de chorar. Samira acendeu o abajur, teve vontade de fazer xixi. Levantou, abriu a porta, passou pelo quarto dos pais. Estava preocupada.

"O que escreveria para ele?" Também sentiu-se um pouco esquisita, nunca havia conversado coisas tão fortes como essas com ninguém. "Meus amigos têm problemas normais." Pensou em Daniel e na separação dos pais dele, mas o Daniel nunca falou nada, só tinha ficado mais infantil. Quando voltou para a cama, teve um pensamento que a deixou arrepiada. "Será que o Karim ainda corria risco? E se começasse uma guerra no Líbano? Amanhã vou perguntar pro meu pai. Percebi que mamãe nunca fala nada dos e-mails do Karim, mas, dessa vez, me disse para não demorar muito na resposta. O pior é que não faço ideia do que dizer. Ele se sente culpado. E, sei lá, se eu estivesse no lugar dele, também me sentiria. Mas foi uma brincadeira dessas que os meninos fazem. Um desafio besta, claro. Eu queria dizer para ele, você não teve culpa! Poderia ter sido com você!! Fique tranquilo." E imaginando o que escreveria para Karim, começou a virar de um lado para o outro até adormecer.

Na manhã seguinte, Samira podia levantar mais tarde, pois era sábado de sol. Foi andar de bicicleta com a Cris e a Cibele. E depois iria à casa dos avós almoçar. À noite, teria a festa de aniversário da Cris. Pensou na roupa que iria usar. Mas Karim não saía da sua cabeça. Lembrou-se do rosto sério, dos seus olhos escuros. Perguntou ao pai sobre a situação no Líbano, e ele lhe disse que o Líbano tentava manter um jogo de equilíbrio.

— Mas não é fácil ter uma guerra no país vizinho, disse o pai.

A mãe, nesse momento, olhou seriamente para o pai e deu um sorriso, havia comentado o e-mail do Karim, eles também ficaram abalados. Adéle pensou em escrever para a amiga no domingo.

O almoço foi delicioso. A vó Najla perguntou para Samira como andava a leitura das *Mil e uma noites*. Samira contou um pouco da história do mercador. Nessa hora, bateu uma pontinha de culpa. Ela precisava escrever para o Karim. "Mas o quê?"

Assim que acabou o almoço e Samira ajudou a tirar a mesa, pediu para usar o computador do avô. Queria ver seus e-mails, não pensava em escrever nada para o Karim ainda. Ao abrir o *site* viu uma notícia:

"Um garoto sírio foi encontrado, neste sábado, perdido, cruzando o deserto de Al-Hamad, já no Iraque. A história do menino Sayed foi divulgada hoje pela repórter da CNN."

Samira nem terminou de ler a notícia já foi dizendo:

– Sayed!! Sayed!! Será? Será? Samira ficou sem acreditar, poderia ser o amigo do Karim!! Mãeeee!!! – Voou para a sala. – Mãe, vem aqui. Corre!

– Que foi, Samira?

– Vem ver uma coisa, é urgente!!

O pai, os avós e a mãe se entreolharam. Adéle levantou e seguiu Samira que corria pelo corredor.

– Mãe, veja essa notícia.

Ela leu: "Segundo a jornalista, o menino foi encontrado por funcionários da ONU e carregava uma sacola com um pouco de comida e água".

Adéle entendeu. Ficou pensativa.

— Pode ser, filha, mas não sabemos de fato.

— Mas é muita coincidência!! Muita, muita!!

— Qual era o sobrenome do Sayed? Você viu se tinha no e-mail do Karim? – perguntou a mãe, com as sobrancelhas cerradas, tentando lembrar.

— Não tinha, ele só falou Sayed. Mas só pode ser, mãe. Vamos mandar um e-mail, agora, me ajuda!

— Samira, precisamos ter certeza.

— Mãe, não custa. Eu vou escrever algo rápido e você traduz, tá?

— Tá, Samira, mas vamos dar uma busca na internet, quem sabe encontramos mais coisas. Deixa eu ver... em língua árabe. – A mãe pesquisou e encontrou a foto do garoto com o pessoal da ONU.

— Tá aqui. Hum... segundo a reportagem, o garoto se perdeu durante a noite, quando andava em fila com um grupo de pessoas, entre elas, sua família. E ele tem... cinco anos.

— Hã? Cinco anos! Cinco anos? – Samira encarou a mãe.

Adéle olhou de volta para filha. Ela parecia igualmente chateada.

— É, Samira, bem que podia ser...

— Podia, né? – Samira voltou a ler a notícia, avaliando a foto do menino pequeno sem acreditar no que via.

— Filha, não adianta nutrir muitas esperanças...

— Por que, mãe? Se este garoto foi encontrado, significa que um dia o amigo do Karim também pode ser achado, vagando por aí...

— Samira, a realidade dessa guerra é terrivelmente triste, mas a gente não pode fazer quase nada. Não fique aí pensando demais, vamos para a sala que sua avó está preparando aquele café delicioso. Vem.

— Já, já, mãe. Vou dar uma olhada no meu e-mail agora – teclou o endereço de Karim.

"O que eu poderia escrever para ele, sem precisar chamar minha mãe. E sem ser em inglês..."

> Karim,
>
> *Insha'Allah*, seu amigo, Sayed, esteja bem e volte. Eu acredito que isso ainda vai acontecer. Eu fico aqui torcendo. Quero muito que a guerra acabe! E que um dia você possa voltar para a Síria.
>
> Beijos!
>
> Samira

Três dias depois, quando ela menos esperava, o carteiro trouxe uma novidade. Samira correu para abrir o envelope e deparou-se com uma página de papel fininho, escrita à mão, que dizia o seguinte:

سميرة، وأخيراً، نجحت في كتابة رسالة لك. رسالة حقيقية. جزء منها باللغة العربية، لترى خط يدي وتصاميم الأحرف الجميلة. أما الجزء الآخر باللغة الإنكليزية، تماماً مثل لغتك. لقد سررت حقاً، فأنا لم أتلق رسالة من مكان بعيد كالبرازيل من قبل. والتي آمل أن أقدر على زيارتها يوماً ما في المستقبل. أصلّي لهذا كما أصلّي للعودة إلى حلب فور انتهاء هذه الحرب الشنيعة، إن شاء الله.

كريم[2,3]

---

[2] Samira, at last I succeeded in writing you a letter. A real one. The paragraph is in Arab, so that you can see my handwriting and the beautiful design of the letters. The other part will be in English, just like yours. I was very happy, I had never received a letter from such a faraway place such as Brazil, which I do hope to be able to visit one day in the future. I pray for that, as I pray to go back to Aleppo as soon as this terrible war is over. Insha'Allah. Karim. (Trecho gentilmente traduzido para o árabe por Mowffaq Safadi.)

[3] Samira, finalmente consegui escrever uma carta para você. Uma carta de verdade. O parágrafo está em árabe, para que você consiga ver minha caligrafia e a beleza do desenho das letras. A outra parte será em inglês, como a sua. Eu fiquei muito feliz, nunca havia recebido uma carta de um lugar tão distante como o Brasil, que espero, algum dia, no futuro, poder visitar. Eu rezo por isso, e rezo para voltar a Aleppo, assim que essa terrível guerra acabar. Tomara. Karim.

Pequeno dicionário:

* **Aiatolá** – literalmente, significa "prodígio do poder de Deus". No Irã, é o nome dado aos líderes religiosos que estudaram muito e podem guiar os outros fiéis. Ocupando o cargo mais alto na hierarquia xiita, o aiatolá recebe o título por merecimento, seja por aclamação, seja por nomeação de outro aiatolá ou indicação de um xeque.

* **Alauísmo** – variante esotérica do xiismo, esta doutrina surgiu no Iraque no século IX, pelas mãos de Mohammad ben Nusseir, discípulo do 10º Imã Ali Hadi, que se tornou dissidente. Também adoram Ali, genro do profeta Maomé, mas acreditam na reencarnação, ignoram o jejum e a peregrinação a Meca, toleram o álcool, dispensam o véu para suas mulheres e celebram as festas muçulmanas e católicas. Presentes sobretudo na Síria, onde, apesar de comporem só 10% da população, dominam as estruturas políticas e controlam a economia do país.

* ***Alcorão* ou *Corão*** – vem do verbo *qara'a*, que significa "ler". Teria sido ditado ao profeta Maomé, que nasceu por volta de 570 na tribo dos coraixitas, pertencente ao clã de Hachim. Entre 609 e 610 ele recebeu a visita do arcanjo Gabriel, que revelou sua missão profética. À medida que escutava os versículos, ele os transmitia a

um grupo de seguidores letrados. Estes anotavam sobre omoplatas de animais, pergaminhos ou pedras. O *Alcorão* tem 114 suras, ou capítulos, e 6.226 versículos, que formam um código que regula a vida cotidiana dos seus seguidores, das bases do culto até os direitos da família e a constituição política da nação.

As mil e uma noites – o livro é composto de narrativas com elementos fantásticos contadas por Sherazade à sua irmã, Dinazarde, e ao rei Shariar. No enredo principal, o monarca foi traído pela esposa. Quando descobre que o irmão teve o mesmo problema, mata sua mulher. Os dois, então, saem em viagem e chegam à conclusão de que todas as mulheres traem. De volta ao reino, Shariar passa a dormir cada noite com uma jovem e, na manhã seguinte, manda matá-la. A heroína das mil e uma noites, Sherazade, filha do vizir deste reino, oferece-se como esposa. Porém, muito inteligente e culta, cada noite narra uma história para o rei e sua irmã. Quando amanhece, Sherazade interrompe a narrativa, para continuar na próxima noite. Com essa artimanha, consegue que o rei fique seduzido e a mantenha viva. Segundo alguns, a origem deste livro vem de uma matriz iraquiana. A obra que chega completa aos dias de hoje remonta à segunda metade do século XIII e à primeira do século XIV, dividindo-se nos ramos sírio e egípcio. No Brasil, a tradução direta do árabe coube a Mamede Mustafa Jarouche. A história de Simbad, o Marujo, faz parte da obra.

❖ **Atatürk** – oficial do exército, Mustafa Kemal Atatürk (1881-1938) foi um estadista revolucionário e fundador da República da Turquia, da qual seria o primeiro presidente. Líder militar respeitado, lutou nas frentes de batalha da Anatólia e da Palestina, e na Primeira Guerra Mundial. Com a derrota sofrida pelo Império Otomano nas mãos dos Aliados, e os planos subsequentes para a partilha de seu território, Atatürk liderou o Movimento Nacional Turco, naquela que se tornaria conhecida como a Guerra de Independência Turca. Após estabelecer um governo provisório em Ancara, libertou seu país, tornando-se presidente da recém-fundada república democrática e secular, que daria início ao moderno Estado turco.

❖ **Bashar al-Assad** – presidente da Síria e Secretário-geral do Partido Baath desde 17 de julho de 2000, sucedeu seu pai, Hafez al-Assad, que governou o país por 30 anos consecutivos, até a sua morte. Como seu pai, pertence à seita minoritária alauíta. Em 2011, diante dos protestos no mundo árabe por reformas democráticas, seu governo prometeu abertura política, mas a lentidão das mudanças desencadeou revoltas pedindo a derrubada do presidente, que revidou com ataques, bombardeios e mortes. A violência da repressão do governo fez com que vários países, como os Estados Unidos, Canadá e países da União Europeia, adotassem sanções contra a Síria, que mergulhou numa guerra civil sangrenta, com milhares de mortos e milhões de refugiados espalhados pelo mundo.

Beirute – localizada sobre a baía de São Jorge, no mar Mediterrâneo, foi fundada pelos fenícios no século XV a.C., sendo ocupada por gregos, romanos e bizantinos. Durante as Cruzadas, cristãos e muçulmanos disputaram a cidade, que, após um período de dominação egípcia e turca, incorporou-se ao Império Otomano. Em 1830 caiu em poder do paxá egípcio Mehemet Ali, deposto onze anos depois, quando uma frota de forças coligadas do Reino Unido, Áustria e Turquia conseguiu restituí-la ao Império Turco. Porto importante na Idade Média e no período otomano, modernizou-se graças a suas instalações portuárias e à construção da ferrovia Beirute-Damasco. Em 1946, depois de ocupada por ingleses e franceses durante a Segunda Guerra Mundial, tornou-se capital do Líbano.

Califa – ao pé da letra, quer dizer "sucessor". É um soberano muçulmano que exerce o poder temporal e espiritual, sempre inseparáveis, em uma comunidade muçulmana. O califado foi alvo de muitas disputas até ser abolido em 1924 por Atatürk.

- **Coalizão Nacional Síria** – oposição contra o governo da família Assad, foi formada durante a Guerra Civil Síria em um encontro em Doha, Qatar, em novembro de 2012. A coalizão é reconhecida pelos países da OTAN, como Turquia, Estados Unidos e Reino Unido. Também a Liga Árabe reconhece o grupo como "representantes legítimos do povo sírio".

- **Emir** – título dado aos príncipes, governantes ou chefes militares árabes.

- **Estado Islâmico (Daesh)** – grupo religioso do Oriente Médio, que pretende mandar em todos os muçulmanos existentes. Originalmente era composto e apoiado por células terroristas sunitas, incluindo suas organizações antecessoras como a Al-Qaeda no Iraque (2003-2006), o Conselho Shura Mujahideen (2006) e o Estado Islâmico do Iraque (ISI) (2006-2013). Depois de oito meses de intensa luta de poder, em fevereiro de 2014 a Al-Qaeda cortou os laços com o grupo que, em 29 de junho de 2014, proclamou-se um califado sob a liderança de Abu Bakr al-Baghdadi, adotando o nome de Estado Islâmico. Quem vive nas áreas sob seu controle é obrigado a converter-se ao islamismo, sob pena de morte. Tem quase cinco mil combatentes no Iraque que, além de atentados a alvos militares e do governo, já assumiram a responsabilidade por ataques que mataram milhares de civis.

❖ **Exército Livre da Síria** – principal oposição militar ao governo, está à frente da Guerra Civil lutando para instaurar uma nova liderança mais democrática e secular. Em dezembro de 2011, jurou lealdade à Coalização Nacional Síria, principal grupo de oposição do país, e do qual se tornou o braço armado. Em abril de 2013, contava com 140 mil guerrilheiros, mas o grupo vem perdendo força e influência e vários de seus membros desertaram, passando a lutar com a Jabhat al-Nusra, também de oposição, mas com uma visão política mais próxima do fundamentalismo islâmico.

❖ **Exilado** – a palavra vem do latim e significa desterro, degredo. Uma pessoa ou grupo vive banido, longe de sua própria casa ou país por sentir-se ameaçado ou vítima de perseguição política, religiosa ou racial. No Brasil, na década de 1960 e 1970, muitos brasileiros exilaram-se no exterior, porque opunham-se ao regime ditatorial instalado em 1964, e, dessa forma, passaram a ser perseguidos e ter suas vidas e liberdade ameaçadas.

❖ *Fatwa* – interpretação da *sharia*, lei muçulmana, por um jurista ou *mulfi*, formulando uma opinião sobre determinado assunto. Em 1989 o aiatolá Ruhollah Khomeini, do Irã, pronunciou a sentença de morte contra Salman Rushdie, autor de *Os versos satânicos*.

❖ **Guerra Civil do Líbano** – durou de 1975 a 1990, agravando-se com a chegada de refugiados palestinos, expulsos de suas terras de origem, com disputas inter-religiosas entre cristãos maronitas e muçulmanos, e com o envolvimento da Síria, de Israel e da Organização para a Libertação da Palestina (OLP). Teve quatro etapas principais: de 1975 a 1977, com lutas e massacres entre as comunidades religiosas, e uma intervenção síria por petição do Parlamento Libanês; entre 1977 e 1982, com intervenção israelense no sul (Operação Litani); de 1982 a 1984, com a invasão de Israel, a tomada de Beirute e a posterior intervenção das Nações Unidas; e entre 1984 e 1990, quando, pelos Acordos de Taif firmados na Arábia Saudita, acertou-se o final da guerra em 1990. Depois de dezesseis anos, veio a guerra com Israel, em julho de 2006. Um ataque de 34 dias devastou Beirute e boa parte do Sul do país.

❖ **Hafic Baha El Deen Al Hariri** (1944-2005) – grande empresário da construção civil, tornou-se Primeiro-Ministro do Líbano de 1992 a 1998 e, depois, de 2000 até a sua renúncia em 2004. Nome de destaque na política e nos negócios, empenhado na reconstrução de Beirute após a guerra civil de 15 anos, era um dos principais acionistas da empresa Solidere. Em 14 de fevereiro de 2005, seu carro foi alvo de um atentado a bomba próximo ao Hotel São George, na capital libanesa. O assassinato de Hariri, em que morreram mais 21 pessoas da comitiva, continua sob investigação, que aponta os serviços de inteligência sírios como os principais responsáveis. Sua morte levou a mudanças radicais no país, a começar pela Revolução dos Cedros, série de protestos que levaria à retirada das tropas sírias em 27 de abril de 2005.

Haj – peregrinação obrigatória à Kaaba de Meca, preenchendo um dos cinco pilares da fé islâmica. Os outros são fazer as orações cinco vezes ao dia, reconhecer publicamente a religião (*shahada*), destinar parte dos recursos aos pobres (*zakat*) e observar as obrigações do Ramadã.

Heitor Villa-Lobos – carioca, nascido em 5 de março de 1887, este maestro inovou o ambiente musical brasileiro ao integrar elementos das canções populares e indígenas às suas composições clássicas. Famoso no mundo inteiro, morreu no Rio de Janeiro em 17 de novembro de 1959.

Hezbollah – "Partido de Deus", é uma organização política e paramilitar fundamentalista xiita, inspirada nos ensinamentos do aiatolá Khomeini. Surgido em resposta à invasão israelense no Líbano em 1982, continuou resistindo contra a ocupação por toda a Guerra Civil Libanesa. Hoje coordena vários serviços sociais, constrói escolas, hospitais e dá assistência agrícola à população xiita local. Em partes do mundo árabe e islâmico, é considerado um legítimo movimento de resistência, mas é tido como grupo terrorista por diversos países, sobretudo os Estados Unidos. Na Guerra Síria, luta ao lado de Bashar, seguindo orientação do Irã.

Imam – título dado aos califas que guiam os crentes. É mais usado para designar o guia das orações públicas.

Imigrantes – são pessoas que saem de seu país de origem para viver em outro. A condição pode ser temporária ou permanente. Os motivos são os mais variados: econômico, cultural, pessoal. A diferença entre imigrado e refugiado está no fato de que o primeiro pode retornar ao seu país quando quiser, já o refugiado não tem essa perspectiva, pois saiu de maneira forçada. Em fins do século XIX e início do século XX, no Brasil, houve um interesse na mão de obra estrangeira, e o governo deu abertura à chegada de uma grande população de italianos, portugueses, espanhóis, japoneses e sírio-libaneses, que foram sobretudo para São Paulo.

Indonésia – posicionado entre o Sudeste Asiático e a Austrália, é o maior arquipélago do mundo, composto pelas Ilhas de Sonda e a metade ocidental da Nova Guiné, num total de 17.508 ilhas. Sua localização entre dois continentes, Ásia e Oceania, faz do país uma nação transcontinental. Sua capital é Jacarta, com cerca de 10 milhões de pessoas. Na Indonésia, 90% dos seus 230 milhões de habitantes são muçulmanos.

Insha'Allah – o mesmo que "tomara" ou "Se Deus quiser".

Islã – religião monoteísta consagrada no *Alcorão*, um texto considerado pelos seus seguidores a palavra literal de Deus, ditada a Maomé, o último profeta. Seus adeptos, os muçulmanos, pertencem a uma das duas principais denominações existentes: 80% a 90% de sunitas, e 10% a 20% de xiitas. Cerca de 13% de muçulmanos vivem na Indonésia, o maior país muçulmano do planeta. Com cerca de 1,57 bilhão de seguidores, é a segunda religião em número de adeptos e a que mais cresce no mundo.

Islamofobia – ódio aos muçulmanos e ao Islamismo, ocorre com maior intensidade nos Estados Unidos, Canadá, países da Europa e Israel, devido aos atentados terroristas promovidos por organizações fundamentalistas, muitas das quais apoiadas, no passado, pelo próprio governo norte-americano, como a Al-Qaeda e o Talibã. Este tipo de discriminação e perseguição, que tem, inclusive, gerado retaliações violentas contra muçulmanos inocentes ao redor do mundo, agravou-se após os ataques de 11 de setembro de 2001, contra o World Trade Center, em Nova York. E, o mais recente, ao jornal satírico francês, *Charlie Hebdo*, no dia 7 de janeiro de 2015, matando doze pessoas e ferindo cinco gravemente.

Kaaba – construção cúbica de 15,24 metros de altura na mesquita de Al-Masjid al-Haram, em Meca, Arábia Saudita, é tida pelos muçulmanos como o lugar mais sagrado do mundo. Na parte de fora, em uma moldura de prata, vê-se a Hajar el Aswad, ou "Pedra Negra", uma das relíquias fundamentais do islã. A Kaaba é o centro das peregrinações (*haj*). Conta-se que quando o profeta Maomé renegou os deuses pagãos, proclamando um deus único, Alá tornou a Kaaba, centro de peregrinação pagã, um polo da nova fé. O edifício foi restaurado diversas vezes. O atual data do século VII, substituindo um mais antigo, destruído no cerco de Meca em 683.

Madrassa – escola religiosa, em geral ligada a uma mesquita. No Ocidente, muitas vezes dizem, de um jeito maldoso, que são escolas para "formar terroristas", uma grande inverdade. Ocorre que essas escolas acabam acolhendo meninos muito pobres, com péssimas condições de vida e que vão ali receber comida e formação.

- **Meca** – localizada na Arábia Saudita, é considerada a cidade mais sagrada do mundo para os muçulmanos, que sempre oram com a cabeça voltada na sua direção. Foi ali que, no século VII, o profeta Maomé proclamou o Islã. Importante centro comercial, após 966, Meca passou a ser governada por xerifes locais. Com o fim da autoridade do Império Otomano sobre a região, em 1916, funda-se o Reino Hashemita do Hejaz, absorvido pela dinastia saudita em 1925. Anualmente, mais de 13 milhões de muçulmanos a visitam, incluindo os milhões que realizam a peregrinação conhecida como *Haj*. A entrada é proibida a não muçulmanos.

- *Mektoub* – expressão que traduz a humilde submissão e o reconhecimento árabe de que "tudo está escrito", ou seja, o que tiver que ser, será.

- **Mesquita Omíada** – (Halab Jami'al-Kabir) construída em 715 pelo califa Umayad al-Walid e completada pelo seu sucessor Suleiman, o Magnífico, onde antes ficava um templo romano e, depois, os jardins de uma catedral. A presente mesquita data do século XIII, do período mameluco, mas seu minarete seljúcida, erguido em 1090, foi destruído nos combates de 24 de abril de 2013. Alguns dizem que os membros da Jabhat al-Nusra detonaram explosivos dentro dele, enquanto ativistas afirmaram que o minarete foi destruído pelo Exército sírio.

Muçulmano – que professa o islamismo e também designa tudo o que se refere a essa religião, como direito, ritos, costumes etc.

Muezim – também conhecido como almuadem, é o encarregado de anunciar, do alto dos minaretes, os cinco momentos obrigatórios de prece para os muçulmanos. De forma melodiosa, o muezim profere a frase *Allah hu Akbar* ("Alá é grande"), seguida por "não há outro Deus além de Alá, e Muhammad é o seu profeta".

Mufti – estudioso do islamismo sunita, que interpreta e explica a lei islâmica, ou *sharias*.

Os poemas suspensos (*Al mullaqatti*) – poemas da literatura pré-islâmica originados da tradição oral dos beduínos, que viviam nos desertos. Os poemas foram transcritos posteriormente. O tema é variado: a mulher amada; a natureza; aquilo que é essencial para a vida deles, como cavalos e camelos; o jogo; o vinho; a caçada e as qualidades humanas; a generosidade, a sabedoria, a lealdade e a coragem. No Brasil, eles foram traduzidos direto do árabe para o português pelo escritor e estudioso Alberto Mussa.

Poligamia – a exemplo de Maomé, os muçulmanos podem ter até 4 esposas legítimas, desde que as trate com igualdade de condições. Cada uma tem que aprovar a escolha da próxima. Hoje este costume está praticamente abolido, sobretudo nas cidades onde o alto custo impede a manutenção de muitas esposas.

Ramadã – quando os fiéis jejuam e se abstêm de vícios, relações sexuais ou pensamentos negativos durante um mês inteiro, a cada dia, do levante ao pôr do sol. Ocorre durante o auge do verão, em geral muito quente nos países árabes, na Turquia e no Irã, quando se torna penoso realizar qualquer tipo de atividade ao ar livre. A quebra do jejum, de noite, é momento de encontro e de reuniões familiares.

Refugiados – homens, mulheres, crianças, idosos que foram forçados a deixar seus países devido a conflitos armados, guerras, violência, perseguições políticas, desastres naturais. Grande parte deles pode até conseguir asilo provisório em determinado lugar, mas dificilmente consegue regularizar sua situação e integrar-se à sociedade em que passa a viver. Isso significa que seus direitos são restritos: o direito de ir e vir, trabalhar, ter uma documentação. Os refugiados vivem numa condição provisória, sem perspectiva, e não sabem se poderão retornar à sua terra de origem. Ao serem reconhecidos como refugiados, em alguns países, obtêm garantia de proteção sob as leis e convenções internacionais. Recebem apoio da ACNUR, agência da ONU para refugiados, que garante alimento, abrigo e segurança.

Salat ou Namaz – orações obrigatórias cinco vezes ao dia, com a cabeça voltada em direção a Meca, a cidade saudita, onde nasceu o profeta Maomé e considerada sagrada pelos muçulmanos.

Sharia – lei islâmica, conforme escrito no *Alcorão*, o livro sagrado do Islã.

Síria – país do Oriente Médio, cuja capital é Damasco. Sua extensão territorial é ¾ do tamanho do estado de São Paulo (184.050 km²). A maior parte do território é ocupada por desertos. Tem cerca de 22 milhões de habitantes. Faz fronteira a oeste com o Líbano e o Mar Mediterrâneo; a sudoeste com Israel; ao sul com a Jordânia; a leste com o Iraque; e ao norte com a Turquia. A maioria da população é de origem árabe e segue o ramo sunita do Islã. Há minorias de xiitas, alauítas e cristãos. Com uma indústria pouco desenvolvida, baseia sua economia na exploração do petróleo e gás natural. Outra atividade importante é a agricultura, destacando-se os cultivos de azeitona, legumes, verduras, frutas e algodão.

Sufismo – corrente mística do Islã. Seus praticantes, conhecidos como sufis ou sufistas, desenvolvem uma relação íntima, direta e contínua com Deus, utilizando-se, entre outras técnicas, de cânticos, música e dança, considerados prática ilegal pela *sharia* de vários países muçulmanos.

Suna – preceitos estabelecidos no século VII, baseados nos ensinamentos de Maomé e dos quatro califas ortodoxos. O nome dá origem à corrente sunita, dentre as várias em que se dividiu o islamismo após a morte de Maomé, em 632.

Sunita – que segue o sunismo, o maior ramo do Islã, reunindo cerca de 84% de todos os muçulmanos.

Taleb – literalmente, significa "o que procura saber" e aplica-se ao estudante das ciências muçulmanas. Na África do Norte, aplica-se também ao instrutor.

❖ **Taliban** – plural de taleb, hoje designa os estudantes que procuram impor um governo islâmico que não reconhece a separação entre Igreja e Estado. Denomina, igualmente, o movimento fundamentalista islâmico nacionalista que se difundiu no Paquistão e, sobretudo, no Afeganistão, a partir de 1994. A corrente desenvolveu-se entre membros da etnia pachtun, porém também incluía voluntários não afegãos do mundo árabe, assim como de países da Eurásia e do Sul e Sudeste da Ásia. É, oficialmente, considerado organização terrorista pela Rússia, União Europeia e pelos Estados Unidos.

❖ **Wahhabismo** – movimento religioso puritano e ultraconservador muçulmano, surgido na Arábia central em meados do século XVIII, e originalmente criado por Muhammad bin Abd al Wahhab. O ambiente político e cultural da Arábia Saudita contemporânea é influenciado por este movimento desde meados do século XVIII. Tem também forte influência no Kuwait e no Qatar.

❖ **Xeque** – título dos soberanos ou líderes árabes ou muçulmanos, tanto políticos como religiosos.

❖ **Xiismo** – a palavra vem do árabe Shi atu Ali, ou "partido de Ali". Seus adeptos consideram Ali ibn Abu Talib, genro e primo do profeta Maomé, como sucessor legítimo, em vez dos três califas sunitas que assumiram a liderança da comunidade muçulmana após a morte de Maomé. Foi a ele que Maomé ditou suas revelações, o *Corão*. Preterido pelo califado, Ali se viu na posição de dissidente, mas contando com aliados começou a pregar a justiça social, conseguindo muitos seguidores. Por fim, conquistou o posto em 656, mas acabou assassinado cinco anos depois, quando rezava na mesquita de Kufa, cidade fortificada da Mesopotâmia. A resistência passou ao filho, Hussein, morto ao liderar 72 discípulos contra um exército de milhares na revolta suicida de Karbala, em 680. Para liquidar seu legado, executaram também a maior parte da sua família. Os xiitas estão em todo o mundo, mas no Irã representam 95% da população, enquanto no Iraque eles somam um terço dos habitantes.

Xiita – que segue o xiismo. Pejorativamente, o termo é usado no Ocidente para caracterizar os radicais e extremistas de qualquer ideologia ou partido político.

AUTORA E OBRA

Marcia Camargos

Jornalista com pós-doutorado em História pela USP, tem vários livros publicados. Esteve na Síria, Líbano, Egito, Jordânia, Tunísia e Irã, sobre o qual escreveu *A travessia do albatroz* e *O Irã sob o chador*. Acompanhando a política e cultura do Oriente Médio, colabora com artigos para a imprensa, além de dar palestras e cursos sobre a região. Lançou, em 2007, *Juca e Joyce: memórias da neta de Monteiro Lobato*.

Carla Caruso

Escritora e ilustradora, formada em Letras pela PUC-SP. Ministra oficinas de criação literária em diversas instituições públicas e privadas, incluindo escolas, bibliotecas, centros culturais e presídios. Lançou vários livros, entre os quais a biografia de *Burle Marx* e o *Almanaque dos sentidos*, que recebeu o prêmio Jabuti em 2010.